시국시편
詩國詩篇

울력의 詩 05

시국시편
詩國詩篇

박현수 지음

울력

시국시편(詩國詩篇)

지은이 | 박현수
펴낸이 | 강동호
펴낸곳 | 도서출판 울력
1판 1쇄 | 2025년 5월 15일
등록번호 | 제25100-2002-000004호(2002. 12. 03)
주소 | 08275 서울시 구로구 개봉로23가길 111, 108-402
전화 | 02-2614-4054
팩스 | 0502-500-4055
E-mail | ulyuck@naver.com
가격 | 11,000원

ISBN | 979-11-85136-78-3 03810

차례

시국유기 서(詩國遺記序)

시국본기(詩國本紀)

시국정론(詩國正論)

시국열전(詩國列傳)

시국잡설(詩國雜說)

시국유기 발(詩國遺記跋)

해설

시국유기 서
詩國遺記序

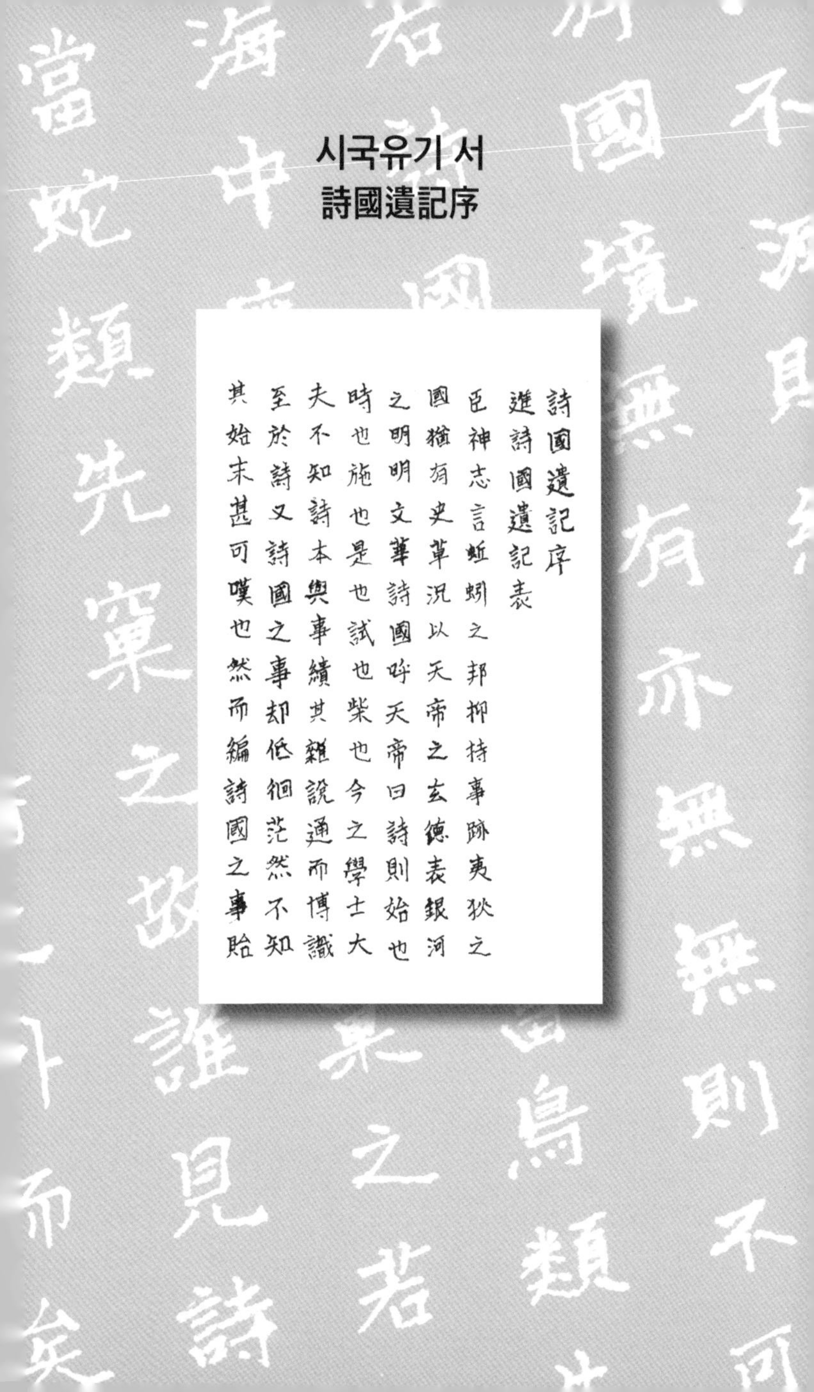

詩國遺記序

進詩國遺記表

臣神志言蚯蚓之邦抑持事跡夷狄之國猶有史草況以天帝之玄德表銀河之明明文華詩國呼天帝曰詩則始也時也施也是也試也柴也今之學士大夫不知詩本與事績其雜說通而博識至於詩又詩國之事却低徊茫然不知其始末甚可嘆也然而編詩國之事貽

서시

어느 날 인사동 한 골목에서 허름한 노인에게 고서 한 꾸러미를 샀는데, 거기에 기이한 책 한 권이 섞여 있었으니 이른바 '시국유기(詩國遺記)'라 시국(詩國)이라는 한 나라의 유래와 사적을 운문으로 기록한 필사본으로 낙장이 많았다 이런 나라가 있는지 알 수 없어 옛 문헌에 밝은 벗에게 보여주니 실로 황당하고 기이하여 믿을 만하지 않다 하였다 나 역시 처음에는 미심쩍었으나 석 달을 밤낮으로 읽으매 마침내 그 뜻이 훤하게 비치었으니 이는 환(幻)이 아니라 진(眞)이며 기(奇)가 아니라 상(常)임을 알았다 이에 내용을 간추려 두서없이 옮기니 세상 사람들의 웃음거리나 면하면 다행이리라

시국 시비

혹자는 시국은 신화에 불과하다고 하며 혹자는 호사가의 잡설이라 한다 허나 시국 시인 지훈(芝薰)이 이른바

시를 위하여 연애하는 사람, 시를 내놓고는 살 수 없는 사람, 시인이란 말 듣기를 즐기지 않는 사람만이 시의 나라에서 총애 받으리라 시의 나라에서 자기의 생활과 감정이 멀어질 때 우리는 아무런 미련 없이 시의 국토를 표연히 떠나야 할 결백성을 지녀야 할 것이다 운운*

하였으니 여기에 말하는 '시의 나라', '시의 국토'가 시국 아니면 무엇이랴 이에 시국이 없다고 누가 함부로 혀를 놀리리오

* 시국 시인 지훈의 「서창집(西窓集)」에 전한다.

시국유기를 올리는 글월

신(臣) 신지(神志)가 사뢰오니, 구인(蚯蚓)의 나라에도 사적이 있고 이적(夷狄)의 나라에도 사초가 있거늘 하물며 천제의 현덕으로 문화가 은하처럼 밝은 시국에서이겠습니까 천제께서 말씀하시길, 시는 즉 비롯됨(始)이요, 때(時)요, 베풂(施)이요, 옳음(是)이요, 시험(試)이요, 평범(柴)이나 요즘의 선비들은 시의 본령을 모르고 그 사적도 아는 바 없도다 다른 것에는 박식을 자랑하나 시에 이르러서는 오히려 고개를 숙이고 망연하여 그 시말을 알지 못하니 통탄스러울 따름이다 그리하여 시국의 역사를 편찬하고 이를 만세에 전하여 해와 별처럼 환하게 하리라 하셨습니다 이에 신의 천박한 능력을 무릅쓰고 견마지로를 다하여 시국의 역년(歷年) 만사를 편수하였사오니 보잘것없어 스스로 부끄러울 따름입니다 부디 한 마디라도 후세의 경계(警戒)할 만한 구절이 있기를 바랄 뿐, 나머지 죄를 어찌 다 이르겠습니까

문강(文剛) 21년 신지(神志) 올림

시국본기
詩國本紀

詩國本紀

⿱乞女愛

古記云詩國太始祖⿱乞女愛常好語永言加律感天地動鬼神者多矣有兩女加樂(歌也)與沫(言也)以父名而爲姓兩女甚好飮酒歌舞一始三晝夜不休也父死後彼之追隨人衆而漸行漸遠也乃終長女率三千人南下建國稱王也是則歌樂國也又小女率少群人東渡建國是

강역(疆域)

동해의 안쪽, 북해의 모퉁이에 시국(詩國)이 있다 읊조림으로 성문을 열고 노래로 닫는다 고을마다 커다란 종이 있어 시천종(詩天鐘)이라 부른다 노을빛이 영험하거나 쌍무지개 찬란히 서는 날이면 울려 국인(國人)이 이를 놓치지 않게 한다 종이 울리면 모두 손을 놓고 망루나 언덕에 올라 하루를 가벼이 한다 시관(詩官)*을 두어 종을 울리되 소홀하면 엄히 다스린다

* 「태시기(太詩記)」에 의하면 시관(詩官)은 일곱 가지 상서로움이 나타날 때 종을 울린다. 그것은 쌍무지개가 뜰 때, 노을이 영험할 때, 서설이 내릴 때, 미리내가 맑을 때, 새털구름이 신비할 때, 하늘빛이 찬란할 때, 좋은 시가 나올 때이다.

태초

태초에 세 번의 태초가 있었다 초태초의 신은 뒤죽박죽(地粥博粥)혹은 혼돈(混沌) 혹은 가오수(可汚水)라 하니 어느 것이 옳은지 알 수 없다 으로 형체도 없고 말씀도 없었으니 수만 겹의 어둠이 억겁 동안 쌓이고 무너지고 몽몽한 울림만이 있는 듯 없는 듯하였다 어느 날 뒤죽박죽이 몸을 뒤척이자 상하사방의 우(宇)와 왕고금래의 주(宙)가 문득 마련되었다 뒤죽박죽이 기진하여 그의 뒤꿈치에서 이태초의 신 엉망진창([illegible]亡盡創)이 태어났다 엉망진창이 또 한 번 몸을 뒤척이며 빛이 있으라 하니 그늘이 생겼고 뭍이 있으라 하니 물이 생겼다 어찌 되었건 밤과 낮 물과 뭍이 이때 마련되니 비로소 세상의 틀이 갖추어지기 시작하였다 기진한 엉망진창의 꼬리에 매달려 삼태초의 신 뒤범벅(只凡朴)이 태어났는데 다시 한 번 몸을 뒤척이자 생명의 노래가 깃들어 사생(四生)*이 생겨나기 시작하였다 이에 시(詩)가 시작되었으니 시(詩)를 비롯됨(始)이라 함은 이에서 비롯되었다

* 사생(四生)은 태생(胎生) 즉 어미의 태반을 통해 태어나는 것, 난생(卵生) 즉 알에서 깨어나는 것, 습생(濕生) 즉 습기 있는 곳에서 부화하는 것, 화생(化生) 즉 낳는 자 없이 생겨나는 것을 가리킴이다.

모신(母神) 놀

시국 신당(神堂)에는 한 여신상을 세워 놓고 절을 하는데 이름을 놀(㐐)이라 한다(혹은 놀모(㐐母), 놀본(㐐本)이라 부르기도 한다) 놀은 음주가무를 즐겨하여 이 신당에는 음악과 춤과 놀이가 끊이는 날이 없다 놀에게는 자식이 셋 있으니 놀림(㐐林), 놀애(㐐愛), 놀읏(㐐衣)('衣'는 '옷'으로 읽는다)이다 첫째 놀림은 몸으로 우주의 율동과 형상을 표현하여 만사의 운행을 조율하였으며 둘째 놀애는 소리와 말로 세상과 마음의 온갖 것을 풀어내어 천지귀신을 감동케 하였다 막내 놀읏은 말과 몸짓으로 이야기를 꾸며 사람들을 기쁘게 하였다 자식들은 성장하여 각자 나라를 세워 놀의 곁을 떠났으며, 나중에 신들의 거처인 신시(神市)에 들어가 춤과 음악과 놀이의 신이 되었다

놀애

고기(古記)에 따르면 시국의 시조는 놀애(㐻愛)이다 놀애는 가락에 얹어 말을 길게 하는 것을 즐겨 하였는데 천지를 감응케 하고 귀신을 움직이는바 잦았다 놀애에게는 두 딸이 있었으니 '가락'과 '말'로서 아버지 이름을 성으로 삼았다. 두 딸은 모두 음주가무를 즐겨 하여 한번 시작하면 사흘 밤낮을 그치지 않았다 아비가 죽자 서로 따르는 무리들로 인해 두 딸의 사이가 멀어졌으니 마침내 큰딸이 무리 삼천을 이끌고 남쪽으로 내려가 나라를 세워 가락국(歌洛國)이라 하였다 작은딸 역시 그보다 적은 무리를 이끌고 동쪽으로 가 나라를 세웠는데 그곳이 바로 가사국(歌詞國)이다 비록 나라는 나뉘었으나 백성들은 국경없이 넘나들며 두 나라 사람끼리 혼인하는 일이 잦았다 천하대세가 합구필분(合久必分)이요 분구필합(分久必合)이라 이후 합하여 이름을 시국(詩國)이라 하여 만년을 이어왔다 혹자는 가사국이 곧 시국이라 하나 이 둘은 별개의 나라로 보는 것이 옳다

제왕연대력(帝王年代曆)

태초에 하느님이 소리를 빚어내고 호흡을 불어넣어 말씀을 만드셨으니 가락이 있어 흥을 일으키나 그 뜻은 분명치 않더라 이후 말씀 자손의 계보가 이러하니라 말씀이 소리를 낳고 소리가 읊조림을 낳고 읊조림은 흥얼을 낳고 흥얼이 마침내 놀애를 낳았니라 놀애가 놀앳가락과 놀앳말을 낳았으니 이들이 무가를 낳았니라 무가는 향가를 낳고 향가는 별곡을 낳고 별곡은 시조를 낳고 시조는 가사를 낳고 가사는 개화사를 낳고 개화사는 신체시를 낳고 신체시는 언문풍월과 자유시를 낳고 언문풍월은 일찍 죽으매 자식이 없더라 다시 자유시가 산문시를 낳으매 그 자손들이 땅 위에 번성함이 유월의 초장과 같더라

사물의 혀

태시(太始)에 천지가 혼돈할 때, 모든 초목과 새, 짐승들이 사람의 말을 하고, 귀신과 인간의 구별이 없어 사람 불러 귀신이 대답하고, 귀신 불러 사람이 대답하는 형국이었다 이에 천제의 아들 대별왕이 송피가루 닷 말 닷 되를 뿌려 짐승들과 초목의 혀를 굳게 하였으며 귀신과 인간은 저울에 달아 백 근이 넘는 것은 인간, 모자라는 것은 귀신으로 구별하였다 이는 '천지왕본풀이'라는 무속계 사서에 전한다 사물과 짐승의 혀가 이때 굳어버렸으나 그들에게 어찌 할 말이 없으랴 지금 때가 오래되어 사물의 혀가 서서히 풀려 귀 밝은 자는 간혹 그들의 말을 듣기도 한다

비-사물*

사물을 호두처럼 생각하던 시대는 행복했다 껍질만 깨면 모든 것을 알 수 있다고 생각했던 시대는 구름처럼 흩어졌다 사물을 알기 위해 사물을 깨고 또 깨어도 영원히 본질에 다가갈 수는 없다 깰 수 있는 것은 영원히 깨어도 또 깰 수 있는 법 깨는 것에 마지막이란 있을 수 없기 때문이다 자기 시대가 허락한 만큼 깨고 그만큼의 본질만 짐작할 수 있을 뿐이다 그러나 깨면 깰수록 사물이 점점 사물이 아닌 것이 되어 간다 그것의 이름을 우리는 알 수 없다 그저 '비(非)-사물'이라 부를 수 있을 뿐 또 다른 경계라 짐작할 뿐

* 이 글은 고기(古記)에 인용된 것이나, 탈간궐문(脫簡闕文)이 많아 그 위치를 알 수 없지만 내용상 '사물의 혀' 뒷부분에 두는 것이 옳다.

글

건필 원년에 하늘에 해가 두 개나 떠서 열흘이 지나도록 사라지지 않았다 일관(日官)이 모두 나서 온갖 방책을 고하였으나 어떤 것도 효험이 없어 온 나라 백성이 더위에 잠을 잃고 논밭에는 곡식 대신 불꽃만 자라고 호수에는 물 대신 증기만 가득하였다 이때 왕자 글(契)혹 서자(書字), 문자(文字)라 하기도 한다이 나서 해결을 자청하였다 왕자는 갑자일에 목욕재계를 하고 자정이 되기를 기다려 북극성에 절을 일곱 번 한 후 신령한 노래를 지어 천지지기(天地至氣)를 깨끗이 하였다 이어 신당 앞의 타다 만 향나무 꼬챙이를 들어 하늘에 위도와 경도를 그어 길을 잘못 든 해를 제 자리로 돌려놓고 천문도를 그려 별들의 운행이 헷갈리지 않게 하였으니 이내 모든 변괴가 사라졌다 이에 천제가 왕자에게 성인의 덕이 있음을 알고 자리를 물려주었다 이때 지은 노래를 도솔가라 하니 이것이 가악의 시초이며, 지금 전하는 '글'이라는 말은 왕자의 긋고 그리는 행위에서 유래하나니, 글의 아득하고도 위대함이 이와 같다

포고령

시를 위한다고 생업을 놓은 자, 시를 위한다고 주색잡기에 빠진 자, 시를 위한다고 처자를 버린 자, 시를 위한다고 몸을 함부로 하는 자, 시를 위한다고 허무에 탐닉하는 자, 시를 위한다고 식음을 전폐하는 자, 시를 위한다고 오래 여행을 떠나는 자, 시를 위한다고 골방에 처박힌 자, 시를 위한다고 요절하는 자, 이들을 국법으로 엄히 다스리며 이를 숨겨주는 자도 엄벌에 처하리니

이는 가장 흉악한 시국사범이니라

분서(焚書)

건필 3년, 천제께서 전국에 포고령을 내려 미적 자율성을 논한 모든 책을 거두어 불태우라 하시다 삶과 시를 나누는 것은 천명을 벗어나는 일이며 시를 배반하는 일인즉, 이는 국시(國是) 시내천(詩乃天)에 어긋나는 일임이라 이때 거둔 책은 미적근대경(美的近代經) 열두 권, 유미일사(唯美逸史) 스무 권 등 총 구십여 종 삼백여 권이다 이 책은 주로 구라현(口羅縣)에서 나왔는바 현감 구라장(具羅長)은 파직되었다

패미지설

북해 건너에 여왕국이 있어 그 나라 임금 중 패미(稗美)가 문장의 유려함으로 이름이 높았다 현빈곡신(玄牝谷神)의 눈으로 세상의 이치를 파악하여 사사물물을 논하였으며, 율려(律呂)와 양음(陽陰)과 동정(動靜) 등을 뒤집어 여율과 음양, 정동으로 세상을 새로이 보았으니 이를 패미지설이라 하여 일세를 풍미하였다 건필 5년에 천제가 국인들로 하여금 패미지설을 배우도록 권장하여 양(陽)의 치우침을 고치니 비로소 세상의 권형(權衡)이 제 자리를 잡았다 그러나 은밀하게 권문세가의 반발이 심하여 양혐(陽嫌) 음혐(陰嫌)의 폐해가 이에서 비롯되었다

문체역란(文體逆亂)

건필 13년에 문체(文體)혹은 수타일(手打逸)이라고 하는데 서북 변방의 장수다가 정변을 일으켰다 과거(科擧) 시문이 모두 고리타분한 정형적인 틀만을 표준으로 삼고 생동하는 정서를 배척하는 바 심하여 변방의 재사들 중에 불만을 품은 자 많았으니 문체가 동생 문풍(文風)과 더불어 이들을 선동하여 크게 난을 일으킨 것이다 이들의 세력은 들불처럼 번져 먼저 관례성(慣例城)을 치고 장군 상투(常套)의 목을 베었다 차례로 진부성, 판박성, 상습성, 정형성, 습관성 등을 치니 인근의 성주들마저 스스로 항복하여 성을 바치는 자가 수십에 달하였다 문체의 책사 연암(燕巖)이 격문을 써서 군사의 사기를 드높였다 심복의 밀고로 문체가 관군에 포위되어 고슴도치처럼 활을 맞았으나 이에 굴하지 않고 마침내 자진하였다 이에 천제는 과거를 혁신하여 시문의 틀과 뜻을 자유로이 하였으니 여러 자유로운 형식이 이때 비롯되었다

연암 격문

글 짓는 일은 곧 병법과 같은 것이니 비유컨대 글자는 군졸이요 뜻은 장수요 제목은 적국이다 고사 인용이란 전장의 진지를 쌓는 일이요 글자를 묶어 구절과 장을 이루는 것은 강철대오의 질서정연한 행군이다 운율을 다듬고 멋진 표현으로 빛을 내는 것은 징과 북을 울리고 깃발을 휘날리는 것이요 앞뒤 문맥의 조응이란 잇달아 올리는 봉화요 참신한 비유는 기병의 예상치 못한 기습 공격이요 긴장과 이완을 조절하는 억양반복이란 맞붙어 적을 제거하는 일이다 주제를 잘 마무리하는 것은 성벽에 올라 적을 사로잡는 일이요 함축을 귀하게 여김은 늙은 적병을 포로로 삼지 않고 풀어줌이요, 여운을 남김은 군대를 정돈하여 당당히 돌아옴이라

* 이는 문체의 책사 연암(燕巖)이 쓴 격문으로 관례성의 성벽에 붙은 것을 일부 옮겨 놓은 것이다. 일설에 '소단적치인(騷壇赤幟引)'이라 하기도 한다.

격문 별사(別辭)

시는 모름지기 전쟁이다 평소라도 그러한데 하물며 일국의 기틀이 풍전등화와 같은 격변지세에서랴 시 한 편을 세상에 던짐은 전장에 군사를 풀어놓은 것과 같으니 첫 구절로 눈을 끄는 일은 효시(嚆矢)로 전쟁을 시작함이요 구절이 마음을 움직임은 군사가 적진에 뛰어들어 적을 압도함이다 문장에 밑줄을 그음은 적이 스스로 무기를 버림과 같고 시 한 편을 외움은 적이 마침내 포기하여 항복함과 같다 시집을 구하여 품에 넣는 일은 성주가 성을 들어 귀의함이요 시의 품격이 일세에 풍미함은 곧 군사를 일으켜 한 나라를 세움과 같다 시는 모름지기 전쟁이니 한 글자 한 구절을 헛되이 놓는 일은 일신을 허물고 나라를 위태로이 함과 같으니 어찌 전쟁이 아니라 하리오

* 연암 격문을 두고 찬반의 격문이 다시 붙어 치열한 논쟁이 있었는데 그중 두 개를 여기에 옮긴다.

반전(反戰) 격문

향간에 시는 전쟁이라 하니 하필 전쟁이리오 시는 기운을 생하고 생명을 기루는 일이거늘 기운을 꺾고 생명을 상하게 하는 전쟁이 어찌 가당하랴

시는 농사일 따름인저 시 한 편을 세상에 던짐은 정성들인 밥상을 올리는 것과 같으니 첫 구절로 눈을 끄는 일은 볍씨를 뿌려 농사를 시작함이요 구절이 마음을 움직임은 볍씨가 싹을 틔워 새잎이 나옴이다 문장에 밑줄을 그음은 줄지어 모를 심음과 같고 시 한 편을 외움은 논에 푸른 모가 가득함과 같다 시집을 구하여 품에 넣는 일은 누렇게 익은 벼를 거두어 들임이요 시의 품격이 일세에 풍미함은 좋은 농법이 널리 퍼져 세상에 도움이 됨과 같다 시는 모름지기 농사일 따름이니 한 글자 한 구절을 헛되이 놓는 일은 모를 잘못 심어 나라를 위태로이 함과 같으니 어찌 농사가 아니라 하리오

요절한 시광(詩狂) 이상(李箱)이 '철필로 군청 빛 모를 심는다' 하였으니이상의 「산촌여정」에 전한다 그것이 어찌 한갓 수사이며 허언이겠는가

정풍지변(鄭風之變)

건필 18년 혜성이 자미성(紫微星)을 범하더니 정국(鄭國)이 서쪽 국경을 침범하였다. 정국의 백성은 음주가무를 즐겨하나 그것이 지나쳐 음란함으로 기운 지 오래였다 국왕이 이를 다스릴 방법이 없자 정국의 장수 애로(愛露)와 야동(野董)에게 명하여 시국을 침범하였다 적군은 정예병사 5백을 두어 장풍으로 공격하였는데 이를 정풍(鄭風)이라 한다 이 바람을 맞으면 정신이 혼미하고 눈이 충혈되며 몸이 부풀거나 경직되어 마침내 죽음에 이른다 이에 서쪽 국경이 무너지고 시국은 풍전등화의 위기에 놓였다 이때 장군 건전(乾田)이 날쌘 궁수 100명으로 적군의 손목을 맞추어 정풍을 멈추고 마침내 적을 물리쳤다 천제는 장군 건전의 공을 기리어 해동윤리곤대무욕공경대부에 책봉하였다

비애지란(悲哀之亂)

비애국(悲哀國)은 서쪽으로 국경을 맞대고 있는데 국인들이 황혼의 혼미함을 숭상하였다 건필 28년 비애국 장수 감상(感傷)혹은 생치만탈(笙治萬脫)이라 한다이 국왕을 시해하고 스스로 왕이 되어 시국을 쳐들어왔다 적군들이 황혼마다 애절하게 통소를 불어 시국 병사들이 슬픔에 빠져 전의를 잃는 자 한둘이 아니었다 장군 건조(乾造)가 휘하 장수 무미(無味)와 함께 군사들로 하여금 쑥잎으로 귀를 막게 하고 적진으로 뛰어들어 마침내 물리쳤다 이후 편석촌 출신 문인 기림(起林)이 토황혼격문(討黃昏檄文)을 지어 후일의 경계로 삼았다

상고지풍(商賈之風)

문약 3년 시의 실속을 버리고 헛되이 이름을 좇는 이들이 항하사(恒河沙)와 같았다 말이 사람을 놀래키지 않으면 죽어도 시를 그만두지 않겠다는 각오도 없고 스스로 좌정하여 뼈를 깎고 피를 토하는 노력도 없다 다만 자기 시가 세인에게 받아들여지지 않을까 전전긍긍하여 아첨하는 말만 늘어놓고 비루한 수준에 스스로를 가둘 뿐이다 하루아침에 일필휘지로 쓴 것을 필생의 자랑으로 삼으며 한 글자 한 구절에 심혈을 기울이는 노심초사는 버린 지 오래이다 헛된 소문으로 시의 이름을 높이고 작당하여 시집의 값을 올리는 풍조가 바람에 풀이 눕는 듯하여 소객(騷客)은 없고 상고(商賈)만 있다는 개탄이 절로 나왔다

무저갱 암흑

문약 10년 무등현에서 무신정권의 폭압에 맞서 백성들이 봉기하였다 우두머리 장수 독두(禿頭)일설에는 두광(頭光)이라 한다는 명계(冥界)에서 무자비한 전사들을 불러들여 억만 톤의 석탄으로 현 전체를 열 길 높이로 덮어버렸다 손에 잡힐 듯한 캄캄한 어둠, 이 무저갱 암흑은 지옥에도 없는 끔찍한 것으로 사람들은 좁쌀만 한 빛 한 톨이라도 잡으려 몸부림쳤다 손을 맞잡고 눈을 뜬 채로 어둠에 맞섰으나 끝내 죽음을 피할 수 없었다 무등산 반딧불이는 그들이 마지막까지 간직한 눈빛이라 한다 세월이 흘러도 그 어둠은 씻기지 않아 광주천 바닥은 아직도 검다 후일 묵객 한강(韓剛)이 조문을 지어 이들의 영혼을 위로하였다

천어요설(天語妖說)

문쇠 원년, 주술사 부부가 주술로 세상을 현혹하여 왕위에 올랐다 왕은 요사스러운 기운이 가득하다고 하여 이전 궁을 폐하고 요하 이남 백여 리에 용궁을 지어 옮겼다 주술이 주술을 불러 백성들은 점괘에 의지하지 않고는 일거수일투족을 행할 수 없었다 천박한 문인들은 주사위를 던져 시어를 짓고 이치에 닿지 않는 말을 천어(天語)라 하여 숭상하였다 삿된 기운으로 위도와 경도가 뒤엉켜 사시의 운행이 불순하였다 이때부터 가을이 되어도 단풍이 들지 않고 낙엽이 지기 시작하였다 어느날 스스로 보좌를 허공으로 높이려다 옥좌가 무너져 왕이 붕어하였으며 왕비는 요승과 함께 바다를 건너 달아났다 시인 충담이 안민가를 불러 세상의 삿된 기운을 소멸하였다

오감도(원형)

문열 14년, 나라에 변괴가 무성하였다 3월에 한강의 민물이 동해 건너에서 온 바닷물과 사흘 동안이나 서로 싸웠다 4월에 왕궁 벽에 그린 개가 짖으므로 닷새 동안 푸닥거리를 하였으나 반나절 만에 또 짖었다 6월에 서울의 우물마다 핏빛이 돌고 회나무가 사람이 우는 것처럼 울었다 또 한 귀신이 대궐 안으로 들어와 '시국이 망한다, 시국이 망한다' 하고 소리치고는 즉시 땅속으로 들어갔다 땅속을 파보니 오래된 학적(鶴笛)에 '시는 보름달이요 엽둔(葉屯)(엽둔은 엽만화라 하나 무엇을 가리키는지 알 수 없다)은 초승달과 같다'는 글이 써 있었다 일관에게 물으니 '둥근 달은 다 찼다는 뜻이니 차면 이지러지는 법이요 초승달은 아직 덜 찼다는 뜻이니 차차 차게 되는 법이라' 하니 왕이 노하여 죽여 버렸다 7월 24일(흠정사서 『삼국유사』 태공춘추공조에는 '봄 2월'이라 한다)에 서울 저잣거리에 사람들이 마치 붙잡는 사람이나 있는 듯이 까닭 없이 놀라 달아나다가 엎어져 죽은 자가 100여 명이나 되었고 재물을 잃어버린 자도 무수히 많았다

시국정론
詩國正論

詩國正論

讀詩

讀者何爲稱吁嗟讀詩者呼仰天觀星
辰之運行則天官之讀也診脈斟酌氣
血之强弱則醫官之讀也投米察散散
之樣則巫堂之讀也看雲推測天氣之
好惡則農者之讀也觀海推量風浪之
高低則漁者之讀也尋森林中獸之迹
則獵人之讀也撫愛人之身則戀人之

헌장(憲章)

1. 길에 대하여

태초에
혼돈을 정리한 것은 길이다
돌도끼를 굴리며
하루 종일 들판에서 헝클어지던
길은 집으로 들고
모든 길은 문지방을 베고 쉬었다
실핏줄처럼
파생되는 길에
길을 잃은 것은 길이다
푸른 들을 가르며
모여드는 길이 두려워
사람들은
나무에 오르고
바다 속에 들기도 하였다
길을
만들고 길을 잊고

길을 묻고
길을 잃는다

집과 무덤까지의
가장 우회한 길이 삶이라면
잃은 길 위에
다시 잃은 길이 시라는 것이다

* 재수록(제2시집 『위험한 독서』)

2. 솔방울

한때 나는
내 시의 진앙지고자 했다
그러나 시는
타인이 농후한 양피지 위에
또다시 서는
불계(不計),
배꼽이 사라진
시원에 놓인 솔방울
솔잎 위에 떨어진
이 수상한
조어법을 얼마나 이해하려 애썼던가!
껍데기 사이에
끼어져 있는 씨의 불경이라니
그러나,
하는 마음과 교전 중이다

한때 나는
문자는 영혼의 지문임을 믿었다

* 재수록(제2시집 『위험한 독서』)

독시(讀詩)

읽는다는 것이 어찌 시 읽음만을 가리키리오 하늘을 보며 별들의 운행을 살핌은 일관의 읽기요 맥을 짚어 기혈의 강약을 짐작함은 의관의 읽기요 쌀을 던져 흩어진 모양을 따짐은 무당의 읽기요 구름을 보고 날씨를 짐작함은 농부의 읽기요 바다를 보고 풍랑을 점침은 어부의 읽기요 발자국을 짚고 짐승의 행방을 헤아림은 사냥꾼의 읽기요 서로의 몸을 더듬으며 사랑을 확인함은 연인의 읽기니라 이 읽기 저 읽기 허다한 읽기의 저 안쪽에 읽기의 알몸이 찬연히 빛나나니 그 본령이 바로 시 읽기라 그리하여 시 읽기를 읽기 중의 읽기요 현묘 중의 현묘라 함이니라

연기론(緣起論)

한 편의 시가 나올 때는 제 홀로 나는 것이 아니라 선인(先人)과 동료의 시가 씨줄과 날줄로 엮이어 태어나니 이를 연기(緣起)라 한다 저 시가 없으면 이 시도 없고 저 시가 다르면 이 시도 달라져 제 본래의 것이라는 게 있을 수 없으니 이를 무아(無我)라 한다 한 편의 시가 세상에 잊혔다가 수십 수백 년 후에 문득 주목을 받으면 다시 태어남과 같으니 이를 곧 윤회(輪廻)라 한다 한 편의 시가 이 사람 저 사람의 입에 오르내려 상투어가 되어 마침내 그게 시인지조차 모르게 되어 버리면 이를 곧 해탈(解脫)이라 한다

천하도

시국에 천하도(天下圖)라는 지도가 있으니 환(幻)과 실(實)이 겹쳐 있다 거기에는 조선이나 중국, 일본 같은 나라도 있고, 사람들이 영원히 죽지 않는다는 불사국(不死國), 여자들만 산다는 여인국(女人國), 눈이 하나만 있는 사람들의 나라 일목국(一目國)도 있다 눈에 보이는 나라들 한 겹 뒤에 희미하게 겹쳐 있는 나라들이 수없이 많다 눈에 보이는 나라와 보이지 않는 나라가 절묘한 균형을 이루어 저울에 달면 어느 한쪽에 깃털 하나만 놓아도 한쪽이 나락으로 떨어져 버린다

천하도를 읽다 1

이런 지도 한 장 갖고 싶었네
우리가 다 아는
조선국도 있고, 중국도, 일본국도 있고
우리가 알 만한 유구국, 안남국도 있는 지도
그렇지만
우리가 꿈꾸는 상상의 나라도 그려진 지도
남쪽 바다 안에는
신선이 산다는 봉래, 방장, 영주라는 산이 있고
바다 저 멀리에는
어진 이들이 산다는 군자국이 있고
그 아래엔 여인들만 산다는 여인국도 있는 지도
동쪽 바다 안에는 털 많은 모민국(毛民國)이 있고
서쪽 바다 어딘가에는
한 눈만 있는 사람들의 나라, 일목국(一目國)이 있는 지도
남쪽 바다 한 가운데에는
아무도 죽지 않는 불사국(不死國)이 있고
북쪽 바다 한쪽에는

귀가 긴 사람들의 나라, 섭이국(聶耳國)도 그려진 지도
지상의 삶이란
어디쯤 상상의 세계를 끼고 있는 것임을
넌지시 깨우쳐 주는 지도
우리가 디딘 이 세계가 이미
몽상의 대륙이라는 걸 알려주는 지도
아무도 포착할 수 없었던
꿈의 위도와 경도를 당당하게 타전하는 지도
천하도(天下圖) 속으로
현실도 상상도 모두 망명하여
이 세상, 허전한 이유를 이제 알겠네

* 재수록(제3시집 『겨울 강가에서 예언서를 태우다』)

천하도를 읽다 2

서양 선교사 마테오리치가 그린 정밀한 세계지도, 곤여만국전도가 이미 들어와 있던 시절, 엉뚱하게 현실과 상상을 뒤섞은 천하도를 그린 사람은 누구일까 틀림없이 그는 키가 큰 사람이리라 키가 너무 커서 걸어 다니면 별이 이마에 찰랑찰랑 부딪혔다는 어느 신의 후예이리라 천하도는 발과 이마가 동시에 그려진 유일한 지도이니까

그도 세상에 떠돌던 마테오리치의 지도를 보았으리라 오대주와 남반구, 북반구까지 그려진 지도, 그 넓은 곳에 겨자씨만 한 별빛 한 점 머물 공간이 없다는 걸 믿을 수 없었으리라 그래서 천하도를 그려, 눈에 보이는 세계만 그릴 수 있는 사람, 마테오리치의 나라는 저 서쪽 어디 일목국(一目國)쯤일 것이라고 넌지시 말한 것이었으리라

* 재수록(제3시집 『겨울 강가에서 예언서를 태우다』)

풍자경*

1

풍자는 일종의 언어적 종양이자 화농(化膿)이니라 풍자는 언어가 제 길을 유연하게 다니지 못할 때 생겨나는 언어적 정체 현상이니 그 정체로 인하여 생긴 언어의 고름덩이니라 흐름이 외부의 강요에 의해 멈추게 되면 내부는 외부와의 교섭을 통해 얻게 될 신선함과 생기를 잃고 제 살을 제가 깎아 먹으면서 스스로 건강성을 상실하게 되나니 이는 세상의 이치가 그러함이라

* 시국에 여러 경전이 있었으나 대부분 일실하여 버리고 다만 풍자경 하나만 남았다. 풍자경은 태초에 복희가 지었다는 설이 있으나 알 수 없다. 총 5장으로 되었으니, 이에 대한 주해는 난타산인(蘭陀散人)의 『서정성과 정치적 상상력』이라는 책에 전한다. 세상에는 노장(老壯)엔 왕필(王弼)이요 풍자엔 난타라 한다.

2

그리하여 풍자의 언어는 부패와 상처의 언어일지니 이 부패와 상처는 공격성으로 나타나느니라 풍자라는 말의 '자'(刺)가 '찌른다'는 뜻일지니 어찌 우연이라 하리오 이 공격은 언제나 자신보다 우월한 존재 자신을 억압하는 존재를 향하나니 그 존재의 참 얼굴은 조그만 모임의 사소한 개인이 아니라 늘 지고한 권력관계의 최고서열에서 발견되는 법이니라

3

공격할 대상과 공격하는 자가 존재함으로써 풍자는 이중적인 구조를 지니나니 어디서나 풍자는 윗사람과 아랫사람의 대립을 기반으로 하느니라 바로 이 점에서 풍자는 가장 대표적인 정치성의 수사학이라 할 수 있나니 풍자는 인간 개인의 내면의 문제의식이 아니라 늘 사회적 환경과 엮어진 문제의식에서 비롯하느니라 바로 이런 특성 때문에 풍자는 많은 백성들의 바람과 연계되어 바람처럼 곳곳으로 떠돌며 퍼져나가는 것이니라

4

이리하여 풍자는 표현에 있어서도 이중성을 띠게 되나니 이는 공격성이 어떤 언어적 경로를 택하느냐에 관한 것이니라 풍자는 결코 그 공격성을 직접적으로 드러내지 않나니 '비꼼'이라는 풍자의 우리말 표현이 그 본질을 불을 비추듯 잘 보여주는 바니라 이는 비꼬기 전의 정상적인 의미가 표면에 있은 다음에 그것을 비틀어 놓은 오묘한 속뜻이 이면에 들어선다는 말이 아니랴

5

이 지상에 부정적 상태를 바탕으로 형성된 것은 자기 부정성을 궁극적인 목적으로 삼을 수밖에 없나니, 세상 이치가 또 그러함이라 '서경'에 '형기우무형'(刑期于無刑)이라 하였으니 즉 형벌의 목적은 형벌이 필요 없는 세상을 만드는 데 있다는 뜻이니라 법이 부정성의 제도이듯이 풍자도 부정성의 수사학이니라 다시 말하여 풍자는 풍자를 제거하기 위한, 풍자를 궁극적으로 소멸시키기 위한 수사학에 지나지 않음을 뼈에 새겨 잊지 말지어다 풍자경의 목적도 궁극적으로 풍자경이 필요 없는 세상을 만듦이니 오호라 그때가 언제일 것인가

민달팽이
— 리듬론

소용돌이무늬로
견고하게
빛나던 각질을 벗어던진 살덩이는
이제 온몸으로
흐물흐물
각질을 흉내 내어야 한다
맨살이 손톱이 되듯
내용만으로도
형식이
될 수 있다는 주문을 외워야 한다

민달팽이처럼

시라는 그릇
— 범맥락화

달력을
덜어낸다 계절도 달도 없다
시계도 덜어낸다
오전도 오후도 없다
지도를 덜어낸다
이 마을도 저 마을도 없다
풍경을 덜어낸다
안도 밖도 없다
인물을 덜어낸다
그도 그녀도 없다
사건을 덜어낸다 시작도 끝도 없다
지시어를
덜어낸다 이도 저도 없다

덜어낼수록
충만해지는 그릇

노래는 힘이 세다
— 가상적 연행성

시의 공간은 비어 있다
노래하면
세간살이가 들어서고 풍경이 채워진다

시간이 비어 있다
노래하면
달력이 들어서고 시계 소리가 채워진다

화자가 비어 있다
노래하면
사람이 정해지고 형상이 채워진다

사건이 비어 있다
노래하면
행위가 들어서고 구성이 채워진다

시제가 비어 있다
노래하면

지금 이 순간에 생기가 채워진다

평행우주
— 비유론

비유는 실재다
설정하는 순간
우주 어디선가 한 세계가 만들어지고
그대로 생활이 시작된다

'프라이팬은 새로운 행성'
이라는 비유를 사용하는 순간
주방은 하나의 우주가 되고
프라이팬을 든 여인은 창조주가 된다
그녀의 창조는 시작되고
그 우주는 실재한다

비유는
어디선가 이루어질
혹은 어디선가 이루어진
다른 우주를 호명하는 성스런 의례

지금도 어디선가

한 우주가 태어나고 있다

내일 당신은 거기 주민이 될 수도 있다

너머-여기

슬프다! 인간이 더 이상 별을
낳지 못하는 때가 오겠구나!
— 니체, 『차라투스트라는 이렇게 말했다』

시는
'여기'를 들어 올리고
숨은 '나'를 드러내는 일

여기를 넘고 넘어
마침내 여기보다 더 높은 여기,
'너머-여기'에 닿는 일
나를 넘고 넘어
마침내 나보다 더 깊은 나
'너머-나'에 이르는 일

애써 넘는 것이 아니라
저절로
'너머-무엇'에 다다르는 일

그리하여 마침내 별을 낳는 일

시에 현실을 담는 세 가지 방법

1. 직설(直說)

본 대로 보여주고 제 생각대로 말하니 오직 담대한 마음 외에 또 무엇이 필요하리오 가장 오래 되었으나 지금은 많이 잊힌 방법이라 이상하게 여기는 사람들이 있으니 안타까울 따름이다 다산(茶山)이 이르길, 백성을 사랑하고 나라를 근심하지 않으면 시가 아니며 시대를 아파하고 세속을 개탄하지 않으면 시가 아니며 높은 덕을 부추기고 나쁜 행실을 풍자하여 권선징악을 행하지 않으면 시가 아니라 한 것이 시의 정도라 이에서 일점일획을 더할 수도 뺄 수도 없다 다산은 '애절양(哀絶陽)'을 지어 그 예를 몸소 보여주었다

2. 우의(寓意)

능청스럽게 다른 것을 이야기하는 척하면서 그 이면에 진실을 담는다 겉뜻 속에 속뜻을 담은 재기가 즐거움을 주고 두 가지 이야기가 한 이야기에 포개져 있으나 서로 섞이지 않으니 명쾌하다 비록 비유라 할지라도 그 뜻이 분명하여 평범한 사람들도 알아차릴 수 있다 명수(明秀)의 '하급반 교과서'가 대표적이니 비록 초동급부라 한들 누가 이를 교실 풍경으로만 읽겠는가

3. 미장(美粧)

아침 안개에 잠긴 마을을 그린 수묵화, 거기에 안개가 걷히면 드러날 실상을 담는다 가장 높은 단계이니 서두르지 않으면서 사실을 은은히 드러내는 방법이다 적극적으로 드러내지 않아서 현실과의 거리 조절이 성패를 좌우한다 좋은 시인의 작품일지라도 원래 의도가 실현되지 않아 독자에게 도달할 때는 전혀 다른 시가 되어 버리는 경우가 비일비재하다 언로의 문제가 독자에게 가는 도중에 길을 잃어 그저 연애시가 되어 버린 혜순의 '고백'이 나쁜 경우라면, 능욕의 시대를 교묘하게 드러낸 지용(芝溶)의 '도굴'이 좋은 예가 된다

깨달음에 대하여

누군가의 말에 저도 모르게 박수를 치며 웃음을 터트릴 때 깨달음은 거기에 있다 버스를 타고 가다 아, 그랬었구나 하는 생각이 문득 들 때 깨달음은 거기에 있다 티브이를 보다가 맞아! 하는 말이 절로 터져 나올 때 깨달음은 거기에 있다 어느 한 구절을 읽다가 마음 깊은 곳에서 밑줄을 그을 때 깨달음은 거기에 있다

깨달음은 이처럼 사소하고도 수다한 것이다 이처럼 비루하고도 천박한 것이며 이처럼 낮으면서도 비근한 것이다 깨달음은 이처럼 적막할 까닭도 이처럼 충만할 이유도 없다 깨달음은 이처럼 신비롭지도 않으며 신비로움이 다 함도 없는 것이다 깨달음은 이처럼 시시각각으로 이루는 것이며 깨달음은 이처럼 시시각각으로 잊히는 것이다

* 재수록(제3시집 『겨울 강가에서 예언서를 태우다』)

시국열전
詩國列傳

詩國列傳

月明

月明新羅人能歌唱而善吹笛也歌唱鄉歌以亡妹遷渡西方淨土又滅二日竝現之變怪嘗月夜吹笛時月馭爲之停輪也月明歌唱則事物之舌突然解而吹笛則事物之耳忽然開也使天地萬物感應而魑魅魍魎跳躍月明死則復事物之舌頭硬且事物之耳閉塞也

월명(月明)

월명(月明)은 신라현 사람으로 노래와 피리에 능하였다 향가를 불러 죽은 누이를 서방정토에 보내고 두 개의 해가 뜨는 변괴를 물리쳤으며 달밤에 피리를 불자 달이 그를 위해 잠시 운행을 멈추었다 그가 노래를 부르면 사물의 혀가 풀리고 피리를 불면 사물의 귀가 열리었다 천지만물이 감동하였고 이매망량이 춤을 추었다 월명이 죽자 사물의 혀가 다시 굳고 사물의 귀가 다시 닫히었다 천지만물과 이매망량은 그저 죽은 이름으로만 남았다 월명이 겨우 뚫어놓았던 사물과 인간의 오솔길에는 명아주, 질경이, 여뀌와 같은 잡초만 무성하더니 마침내 끊어지고 말았다

퇴율(退栗)

퇴율(退栗)혹은 퇴곡율계라 하며, 일설에는 두 명이라 하나 낭설이다은 조선현 사람으로 벼슬을 누리면서도 도산, 고산의 계곡에 숨어 지내는 은자를 흉내 내었다 무미건조한 표현에 여러 대가의 타액을 묻혀 시의 밑천을 겨우 감추었다 강 속의 반타석(盤陀石)에 앉아 바위를 잇는 일에 골몰하였으며, 무슨 까닭인지 평생을 4를 좋아하고 7을 싫어하는 수학적 기벽이 있었다 태양을 쫓다가 목이 말라죽은 과보(夸父)처럼 눈에 보이지 않은 원리를 쫓아다니다 기진하여 결국 세상을 떠났다

송고(松孤)

송고(松孤)혹은 송산고강이라 하며, 일설에는 두 명이라 하나 이 역시 낭설이다는 조선현 사람으로 시국 중엽의 문호이다 이때 천지의 자극(磁極)이 제 자리를 잡지 못하고 방위가 어지러워지자 사람들도 동서남북으로 갈려 서로 반목하였다 송고도 이런 시국에 서쪽 남쪽으로 기웃거리다 관청 생활에 적응하지 못하여 유배를 즐겨 갔다 유배지에서 울적한 심사를 달래려 많은 노래를 지었는데, 특히 미인과 어부 노래에 절창이 많다 관료의 난삽한 말을 버리고 시속의 말을 자유자재로 구사하였으나 세속의 비린내가 나지 않았다 섬을 좋아하더니 끝내 섬이 그의 육신을 거두었다

개화(開花)

개화(開花)는 조선현의 기생으로 왕조 황혼기에 활동하였다 앞모습은 가객이고 뒷모습은 변사로서 일설에는 왼손에는 신문을, 오른손에는 나팔을 든 해어화라 한다 낡은 가야금에 양이(洋夷)의 곡조를 얹고 난삽한 고투에다 근래의 시사를 담아 한때 사람들의 시선을 끌었다 애국자주(酒)의 술잔에 경세우국(菊)의 꽃을 띄워 마시며 늘 시사를 개탄하였으며 늦잠자기를 자로 하면서도 잠을 깨세 잠을 깨세 노래하여 주위의 웃음을 샀다 새로운 가객 남선(南仙)이 신체가를 불러 세인의 관심이 그곳으로 쏠리자 노래를 그치고 홀연히 사라졌다

소월(素月)

소월(素月)은 구성현 사람으로 시국 말기의 시성으로 이름이 높았다 신문지국을 운영하며 신문지 여백에 시를 써서 유명해졌다 생김새는 협객과 비슷하나 여린 심성으로 엄마와 누나를 찾으며 자주 울어 세인의 조롱을 받았다 평소 무속에 관심이 많아 초혼술 분신술 등을 다루는 '시혼'이라는 글을 쓰기도 하였다 이후 신문지국이 망하자 이름을 부르는 작명업, 삼수갑산을 알리는 광고업 등을 전전하다가 말년에는 초혼을 도와주는 장의사로 연명하였다 마침내 시의 황홀경 속에서 생애를 마감하였다

갑부(閘夫)

갑부(閘夫) 혹은 카부(仆部)라고도 한다 는 경성현 사람으로 막수(漠水) 혹은 마루구수(馬累九水)라 한다 강변에 살았다 다른 이름으로 무산(霧散) 혹은 임화(林花)라 칭하기도 한다 일설에 무산과 임화는 다른 사람이라 한다 갑문 여닫는 일을 맡아서 농어민과 친했으며 동반하는 벗도 많았다 어느 날 수문을 열어젖혀 홍조(紅潮)로 들판을 붉게 물들여 세상을 놀라게 하였다 일설에 건축 노동판에서 기둥과 서까래를 두고 십장과 논쟁을 일삼다 일급을 못 받자 노동운동에 뛰어들었다 한다 거친 말과 생경한 어투로 여기저기서 시비를 걸며 자기 삶의 방향을 여러 번 전향하였다 부인이 해산을 하자 남으로 북으로 떠돌며 깨어진 화로를 팔아 생계를 유지하였는데 끝내 종적을 알 수 없다

전위(田衛)

전위(田衛)는 불란서현 사람으로 속칭 아반갈도(亞反葛道)라 부르기도 한다 호장한 시풍으로 일세를 풍미하였다 그의 눈은 네 개이며 보는 곳이 모두 다르다 대개 눈꺼풀이 처져 있어 걸으면서도 꿈을 꾼다 시 속에 수많은 상상동물 키우기를 좋아하여 끼니를 거르는 일이 많다 재봉틀과 우산을 가지고 다니며 사람들을 놀라게 하였다 말의 빈틈을 크게 벌리어 세상이 한때 그곳에 빠져 헤어나지를 못하였다 말과 말 사이의 전위차(電位差)를 측정하는 전기기사를 하며 생계를 유지하였는데 졸년은 미상이다 일설에 아직 죽지 않았다고 하나 낭설이다

모단(帽短)

모단(帽短)은 영미현 사람으로 도승지 도회(都會)혹은 시치(時峙)라 한다의 아들이요 이미지중(異味知衆)이라는 별칭을 쓰기도 한다 셀로판지로 만든 안경을 끼고 모자와 단장(短杖)일설에 모단은 모자와 단장을 줄인 말이라 한다을 착용하고 도시 네온사인 사이로 산책하는 것을 즐겨하였다 천성이 명랑건조하여 슬픔과 울음을 멀리하였다 소리를 눈으로 듣고 귀로 풍경을 보며, 소리조차 모양으로 번역하는 기이한 재주를 부렸다기림(起林)의 평이라 전한다 분수처럼 흩어지는 푸른 종소리를 보는 일을 즐겨하다가 말년에 넥타이가 길처럼 풀어져 일광의 폭포 속으로 사라졌다

기림(起林)

기림(起林)은 편석촌 출신으로 평생 오전을 사랑하고 황혼을 싫어하였다 기상청 직원으로 근무하면서 기상도 여백에 낙서한 시로 세상의 주목을 받았다 오전지설(午前之說)을 써서 감읍벽(感泣癖)을 치료하였으며 비애지란에 '토황혼격문'을 써서 문명을 떨쳤다 불행히도 시보다 산문이 오히려 명시로 칭찬받아 자괴한 바 컸다'길' 이라는 산문은 세상에 시로 전한다 아홉 명의 저항군을 이끌어 새로운 문풍을 주도하였으며 전위(田衛) 모단(帽短)과 이상(李箱)을 세상에 소개한 공로가 크다 말년에 바다낚시를 즐기며 대작 '바다와 나비'를 구상하다 풍랑에 휩쓸려 생사를 알 수 없다

이상(李箱)
— 알코올램프의 근황

기림(起林) 대인(大人), 날마다 술입니다그려 라이터를 갖다 대면 정수리에 알코올램프처럼 불이 붙을 것만 같소 젖은 종이처럼 연기만 소란한 삶이 싫어 독주만 마시는 중이오 불꽃을 이고 다니는 사람처럼 몸은 차고 생각은 갈수록 뜨거워집디다 술 취한 사람이 위험한 건 한 순간에 인화 물질이 되어버리기 때문이란 걸 안 것도 요즘이오 다크서클이 불에 그슬린 자욱이 아니라면 달리 무엇이겠소 가솔린 냄새 가득한 삶, 이래저래 일촉즉발일 따름이구려! 동경에서 이상(李箱)

* 재수록(제3시집 『겨울 강가에서 예언서를 태우다』)

미당(尾堂)

미당(尾堂)은 고창현 사람으로 종살이하는 아비를 팔아 문명을 떨쳤다 화사집에서 살다가 정신이 혼미해져 귀촉도로 이사하여 국화 속에서 소쩍새와 천둥과 무서리가 서로 얽혀있는 황홀경을 보는 눈을 갖게 되었으며 질마재에서 신령과 이야기하는 재주를 얻기도 하였다 가난은 한갓 남루에 지나지 않는다는 호연지기가 있었으나 깃발 흔들기를 좋아하여 끝내 오명을 벗어나지 못하였다 처음에는 욱일의 깃발을 흔들었고 이후에는 폭군 독두(禿頭)의 깃발을 흔들었다 재주가 방향을 잘못 잡을 때 세상이 아쉬워할 것이 많음을 보여 후세에 경종을 울렸다

수영(秀泳)

수영(秀泳)은 한양현 사람으로 양계장을 운영하였으며 달걀을 오리알로 번역하며 생계를 이었다 아내와 우산을 연결하는 전위풍의 시를 써서 이름을 떨쳤다 민중을 좋아하지만 민중이 알아들을 수 없는 난해시를 써서 세인의 빈축을 샀다 친구 인환이 새로운 용어를 쓰자 무슨 뜻이냐고 물었더니 응 니가 수용소 있을 때 생긴 말이야 하고 놀린 일에 앙심을 품고 평생 친구 욕만 하며 살았다 기침과 가래로 고생하였으며, 어느 새벽 밤새 고인 가슴의 가래를 마음껏 뱉다가 세상을 떠났다

민호(敏豪)

민호(敏豪)는 예산현 사람으로 호는 운형(雲兄), 별지(別紙)이다 병약하나 의협심이 있으며 평소에 남의 호 지어 주기를 즐겨하였으니 난타(蘭陀), 매봉(梅峰), 외유당(外遊堂), 청이(淸耳) 등이 유명하다 일찍이 태학(太學)의 대제학에 올라 문형(文衡)을 쥐고 인재를 등용하였다 처음에는 평필을 휘둘러 세인의 주목을 받았으며 이후 시와 소설로 옮겨 다녀 사람들은 그를 놀려 장루난민(章樓難民)이라 하였다 세상의 흐름을 통찰하며 매사 음모를 파헤치는 일을 능사로 삼았으며, 만년에 북촌 원서동 숨은 벽이 가득한 기이한 집을 지어 고양이와 희롱하며 세월을 보냈다

용희(龍姬)

용희(龍姬)는 달구벌현 출신으로 호는 매봉(梅峰)이다 자칭 청아용인 명문필가 이청준 아쿠다카와 김용희 최인훈을 가리킨다고 하나 낭설이다 의 한 사람이라 한다 가업인 직물공장을 이어받아 글도 간혹 씨줄과 날줄을 잘 엮어 고운 비단과 같으나 나이롱(那而弄)이 되는 경우가 부지기수다 처음에 평필로 시단의 재원(才媛)을 세상에 드러내는 일을 자임하였으나 이후 설의(褻衣) 혹은 난제리(蘭除裏)라 한다 초야(初夜) 등 외설 소설로 세인의 주목을 받았다 이는 평소에 음주가무 혹자는 취어리다(醉魚理多)라 하나 무슨 뜻인지 알 수 없다 를 좋아하는 성벽이 드러난 것이라 한다

안나(岸那)

안나(岸那)는 제주현 사람으로 시국의 고승 일붕(一鵬)의 손녀로 평소 자애가 넘쳐 시단의 태뢰사(太賂娑)태뢰사는 서국의 비구니이다라는 별칭을 얻었다 비구니와 같이 무욕청정한 삶을 사는 듯하나 자기 소유도 아닌 애월, 병산서원 등 명소만 골라 통째로 세상에 팔아먹은 희대의 부동산업자로 세인의 빈축을 샀다 그는 창힐처럼 눈이 네 개로서 두 개는 현실을 보고 나머지 두 개는 환상을 본다 침 묻은 젓가락으로 사람의 혼을 집어 올리는 신공을 부리기도 한다 만년에 농사를 지었는데 새를 심거나 사과향초혹은 애불민토(厓弗民吐)라 한다 박성내천 천변에 많이 자란다를 함부로 꺾는 실험적 농법으로 마침내 파산하였다

현수(玄首)

현수(玄首)는 봉화현 사람으로 호는 난타(蘭陀)혹은 난타(亂打)라 하나 낭설이다이며 시국 말기의 대문호이다 성정이 호탕하고 의협심이 강하여 협객으로 이름이 있으나 주로 여인들만 도왔다고 한다 젊은 시절 술을 좋아하였으나 어느 날 술을 대충 먹고 일찍 집에 들어갔다가 늦둥이가 생기자, 보통 술 먹은 근심은 다음 날이면 깨건만 이번엔 십여 년이 지나도 깨지 않을 근심을 얻었구나 탄식하며 다시는 술을 마시지 않았다 예언서를 태우거나 사물에 말을 건네는 기행으로 세상의 이목을 모았다 그가 시인으로서 크게 이름을 떨친 것은 만년의 대작 (이하 낙장)

시국잡설
詩國雜說

시야, 너 어디 있느냐

言計訃訂訊託討訌訓訖訣訥
訪設訟訝訛許詞訴詠詛詔註
診評誇詭詳詵詢試詺詣詮誅
詹該話詰誡誥誣誓說誠誦語
誤誘認誌誕　　談諒論誹誰
諄誾誼諍調　　諏諫諾謀諡
諶謁諺謂諛諭諮諪諸諜諦諷
謔諧諱講謙謄謎謐謗謝謖謠
謚謳謹謬謨謫譏譜識證譁譎
警譬譯譽護讀變讐讓讒讖讞

봄날

시국 사람들, 봄날에 잠들지 못 하네 천지사방 꽃망울 터지는 소리, 팝콘 터지는 소리처럼 들려 꿈의 빗장 닫히지 않네 벚꽃이라도 터지는 밤이면 그 소리 폭죽놀이보다 흥성스럽네 목련꽃 터지는 소리 천둥소리보다 우렁차 봄날 내내 그 나무 아래 자리 잡는 사람도 여럿이라는데 양순음 터지듯 은밀한 제비꽃 소리는 제 뜨락에서 홀로 들어도 부끄럽네 꽃망울 터지는 소리마다 한 세상 눈떠 팔만대천세계 처음 열리고 첩첩 문 닫힌 마음 비로소 실눈 뜨네 시국 사람들, 봄날엔 내내 꿈꾸는 이들뿐이네

실종

연필을 찾는 동안 사라진 구절들은 어디로 갔을까 사라지면서 더 빛나는 구절들 멀리 개 짖는 소리 들으며 저희들끼리 어느 이정표를 읽고 있을까 아무도 찾지 않으면 바짝 야위어 마침내 별이 될까 시의 행간마다 얼핏 만져지는 어둠 어느 시도 온전히 빛나지 않은 건 그들의 빈자리 때문일까 메모지를 펴는 동안 사라진 수많은 구절들 어느 이름 없는 바닷가에 닿아 저희들끼리 옹기종기 마을을 이루고 있을까

기도문

해년은 계유년이올시다 오늘은 정월 초하루 우리 시인 등단 첫돌이올시다 삼신할머니 굽이 살펴주옵시고 시인에게 명과 복 많이 많이 점지하여 주시옵소서 머리에 총기 주고 눈에 정기 주고 손에 재주 주고 다리팔에 힘을 주고 가슴에 꿈을 주시옵소서 우리 시인 남의 눈에 꽃처럼 보이게 하옵시며 새잎처럼 빛나게 하옵시며 쓰는 시마다 잎새에 달린 이슬처럼 칭찬 따라다니게 하시옵소서 우리 시인 재수대통 만사형통 앉은 자리 복을 주고 선 자리에 명예 주고 동서남북 사방팔방 문단에 돌아다녀도 아무 탈 없게 해주시고 동에 삼살 막아주고 서에 삼살 막아주고 남에 삼살 막아주고 북에 삼살 막아주길 빌고 또 비나이다

시총(詩塚)

1. 유풍(遺風)

영천현 자양면에 시총(詩塚)과 비(碑)가 있다 왜란 때 전쟁의 이슬로 사라진 아들의 유해를 찾지 못하여 그 사람이 생전에 지은 시 혹은 친구들이 그를 위해 지은 시를 묻어 무덤을 만든 것이다 육신을 대신하여 시가 누워 있는 무덤은 시국이 아니면 쓰지 아니 하는 풍습이다 그리하여 수만 편의 시가 쓰인다 해도 시총이 없으면 시국이 아니다

2. 묘비명

시로써 무덤을 삼음은 예(禮)에는 없는 예일러니 선유(先儒)께서 초혼(招魂)을 하여 장례를 지냄을 말하되 혼(魂)은 하늘로 돌아가고 백(魄)은 땅으로 돌아가느니 진실로 체백(體魄)이 없으면 사당에서 제사 지낼 뿐 혼기(魂氣)는 장례 지낼 수 없는 법이라 하였거늘 그러한 즉 화살로 복(復)을 하고 옷으로 초혼한 것으로는 모두 무덤으로 삼을 수는 없는 것이어라 오로지 시라는 것은 그 사람과 닮은 것이기에 가히 체백에 해당한다고 할 수 있으니 시로써 무덤을 삼음은 그 또한 예에 어긋나지 않을진저 세상에는 반드시 뼈로 장례를 한 것은 다행이라 여기고 시로 장례한 것은 불행이라 여기지만 거친 벌판에 뼈를 묻은 것이 한둘이 아닐지언정 마침내 후멸(朽滅)로 돌아가는데 그 사람과 시는 마침내 오래도록 썩지 않는 것이니 이 무덤은 얼마나 위대한 것이랴

3. 불여귀

이 세상 어딘가에
시가 묻혀
있을 무덤을 생각하면
생은 얼마나 뜨거운 것인가
문장이 삼백 예순의 뼈를
이루고 글자가
수억의 피톨로 떠돌고
문맥이 좌청룡
우백호를 타고 흐르며
한 생을
거뜬히 대신하고 누워 계신
시를 생각하면
시는 영혼이라는,
시는 몸 너머에 존재한다는
오랜 믿음들
문득, 후멸로 돌아간다

* 수정 재수록(제2시집 『위험한 독서』)

오독 오도독

오독은 맛있다, 깨 서 말 가을 전어처럼 고소해서 오도독, 〈일본, 여진 공포〉는 〈여친 공포〉로 오도독, 불길한 전갈도 불타는 전갈도 오도독, 세상은 차갑고 몸은 달아올라서 오도독, 〈인질 사태 이탈리아 모델로 가나〉도 〈이탈리아 모델〉로 오도독, 내 안에 앉아 내 눈으로 신나게 읽고 있는 뜨거운 피를 생각해서 오도독, 가을 전어처럼 아무도 죄가 없어 오독 오독 오도독,

맘 켕기는 날

시를 고치던
컴퓨터 화면에 파리가 앉았다
마우스를 움직여
커서를 아무리 흔들어 대어도,
화살 표시로 머리를
건들고 옆구리를 찔러대어도
파리는 미동도 않는다
세상에,
파리 한 마리도
움직일 수 없는 힘이라니!

시를
쓴다는 게
맘 켕기는 날!

시인을 위한 전화 상담

선생님, 걱정이에요 청탁을 받았는데 써놓은 시가 없어요. 세상에, 시를 미리 써놓는 시인이 어디 있어요? 그래요? 그럼요. 시인은 특별 주문 제작만 받는 사람이니까요. 그럼, 미리 써놓은 시는 뭐예요? 그건 시가 아니지요. 혼자 보는 메모랄까. 선생님 말대로라면 문청 때 쓴 건 시가 아니네요? 그럼요. 문청은 메모를 하고, 시인은 시를 쓰지요. 오! 그럴듯한데요. 근데, 선생님은 진짜 청탁 받으면 쓰나요? 물론이죠, 미리 써놓으면 시들해지니까. 왜요? 시에도 유통기한이라는 게 있거든요. 그래서 재료도 너무 오래 주물럭거리면 안 돼요. 그래요? 그 유통기한은 어디에 찍혀 있어요? 독자의 코에 찍혀 있지요. 읽자마자 쉰 냄새가 나는 시가 대부분이지만. 그럼 선생님 시는 유통기한이 언제예요? 음, 가끔은 몇백 년 뒤에 유통기한이 다시 생성되는 시도 있죠. 저번에 선생님 시 보니까 공동제작도 하는 것 같은데. 예? 아, 우리 딸 이야기 쓴 거? 그거야, 주문이 밀릴 때는 가끔 하청도 주지요. 도통한 스님의 즉문즉답 같아요. 호호호. 건성으로 살면 다 이래요. 낄낄낄.

시혼을 위한 협주

죽어도 뉘우치지 않으려는 마음 위에
오늘은 이레째 암수(暗愁)의 비 내리고
바다의 흰 갈매기들같이도
인간은 얼마나 외로운 것이냐
얼음과 눈으로 벽을 짜 올린
여기는 지상,
인동 잎의 빛깔이
이루지 못한 인간의 꿈보다도 더욱 슬프다
별이거나 그늘이거나 혓바닥 늘어뜨린
병든 수캐마냥
마음도 한자리 못 앉아 있는 마음일 때,
떨어져 나가 앉은 산 위에서
걷잡을 수 없는 슬픔의 힘을 옮겨서
그 드물다는 굳고 정한 갈매나무라는 나무를 생각하는
것이었다

봄, 난독

겨울 계간지도 다 읽지 못 했는데
봄이 왔다
지나친 구절처럼
눈이 잘 가지
않은 곳부터 꽃이 피었다

발음되지 않는
문장부호처럼
세계는 읽을 수 없을 때만 명쾌하다
애써 읽으려 할 때마다
계간지가 계절보다 먼저 던져졌다

마시멜론

하얀 볏집 사일리지 놓인
가을 들녘을 볼 때마다
머릿속에 몇 줄 메모가 수정된다

　　계가 끝나고
　　검은 돌은 거두어졌다
　　가을 들녘
　　흰 바둑돌만 아무렇게나 던져져 있다

좋은 시가 될
구절은 늘 따로 있는 법
멀리 들녘을 바라보며
한창 바둑을 복기하는 중인데

차창에 매달려 논을 바라보던
일곱 살 막내가 소리친다
　　- 엄마, 저기 커다란 마시멜론이 있어

아, 마시멜론,
몰랑몰랑하고 쫀득쫀득한 마시멜론
눈과 혀와 살에 와서 닿는 말
때로 말이란 이렇게 촉수동물이 되기도 한다

아이는 뒷자리에서
금세 다른 일로 엄마와 깔깔대고
나는 운전대를 잡고
혼자 몰래 돌을 던진다

가을 햇볕에
흰 마시멜론이 맛있게 빛나고 있다

혁명이 지나갔나 보다

포고문처럼
신문을 읽던 시대가 있었다
어떤 반응도 허락하지 않는
진리의 문자를 읽던 시대가 있었다
시민은 착한 백성이 되어
공손하게 기사를 받들던 시대가 있었다
그러나 언제인가
누구도 모르게 혁명이 지나갔나 보다
이제 기사마다
사람들의 대꾸가 들리는 시대가 왔다
찬탄이나 분노, 비아냥이
댓글마다
시장 바닥처럼 떠들썩한 시대가 왔다
저마다의 왁자지껄 속에
기사의 비열한 계략도
천박한 의도도
물 빠진 연못처럼 빤히 드러난다
그 왁자지껄 속에

뛰어난 표현으로 감탄을 자아내는
댓글시인이라 불리는
여항(閭巷) 시인도 숨어 있다
숨은 이인(異人)도 여럿 스쳐 간다
권력이란
이들의 이 깊은 바다 위를
잠깐 지나가는 한 척의 돛단배일 뿐
해적이 탔건 의인이 탔건 금세 지나간다
고 왁자지껄 속의 지혜가 반짝인다
이제 종이신문을 보아도
댓글을 찾아
눈이 저절로 아래로 내려가는 시대가 왔다

한밤의 소나기처럼
혁명이 지나갔나 보다

국가적 은유

은유는 전혀 무관한 사물들 간의 유사
성을 찾아낸다는 점에서 천재의 징표
다 그런 점에서 국가는 늘 천재였다

당신 담배 피웠어?
아니
담배 냄새 나는데
인삼 절편 먹었는데…
근데 왜
입에서 담배 냄새가 나지
그거야,
담배인삼공사에서 관리하니까 그렇지

책을 덮는다는 것

책을 펼쳐두고
자리에 들면
읽었던 지식이 다 달아난다며
엄마는 펼쳐진 책을 덮어 주었다

마른 삭정이 같은 지식은
엄마 말 한마디에
도마뱀처럼 도망치다가
덮인 책 속에 꿈틀거리다 잠잠해진다

여태 읽은 건 어슬렁대는 목숨
글자를 짚는 건
짐승 하나를 길들이는 일
어둠 속에서 서툰 조련사가 되곤 하였다

아직도 어린 나는
책을 덮는다
거친 말을 다루듯, 하이에나 떼를 우리로 몰 듯

97번 채널

당신이 우리 집에 놀러 오면
맥주 한 잔 권하며
우리 집 97번 채널을 보여 줄 것이다
당신이라면 웃지 않고
내가 처음 느꼈던
그 푸르른 떨림을 나눌 수 있으리라
모든 정규방송도 끝난
적막한 시간
우연히 97번 채널을 틀었을 때
순간, 화면 크기만 한
벽이 뚫리고
거기로 청량한 밤공기가 불어오던 광경을
처음 이야기하리라
더 비릿해진 밤꽃 냄새도
함께 묻어 나왔다고 말하리라
아파트 놀이터를 비추던 평범한 채널이
어둠 속에 윤이 나는
느티나무 연초록 잎들을 생방송할 때

온몸에 소름이 돋은
이유를 이제서야 슬쩍 들려주리라

당신이 아니라면
우리 집엔 그런 채널 없다고 하리라

경고

검색 프로그램에서
'내 젖은 구두 벗어 해에게'를 검색하면
"지금 입력하신 검색어 '내+젖은+구두+벗어+해에게'(는)은 19세 미만의 청소년이 이용할 수 없는 성인인증 대상의 검색어입니다."
라는 경고가 뜬다

내 젖은,
내 젖은,
하고 발음해보니, 정말
마른 내 젖가슴에 젖이 도는 느낌이다
내 젖은
바지를 타고 흘러
구두에 철철 넘친다
하, 내 젖은
구두

비문(非文)의 꿈
— 하오의 미학 강의 1

몽상이
사각의 창(窓)을 약간 기울여
역류 아름다우니
비문(非文)이
나의 꿈을 엮기에 적합하도다
오후의 여행을 망설일 때
아, 거기 있었나
언어는 상처 깊숙이서 빛을 내며 유영한다
그의 몸이
이렇게 작고 빛나는 것이었던가!
물살 속에서
피라미여, 너는 어떻게 자유로울 수 있는가
수정(水晶) 막대 속에서의
저 초월명상이여
이제 나 다시 길 나서리니
물고기좌로 흐르는
그 환한 복류천(伏流川)의 길을, 누가
은밀히 짚어 갈 것인가

귀를 흙에 묻어
신성(神聖)의 수태고지를 나는 기다린다
광개토대왕비처럼
낡고도
건장한 비유를

* 재수록(첫시집 『우울한 시대의 사랑에게』)

시국유기 발
詩國遺記跋

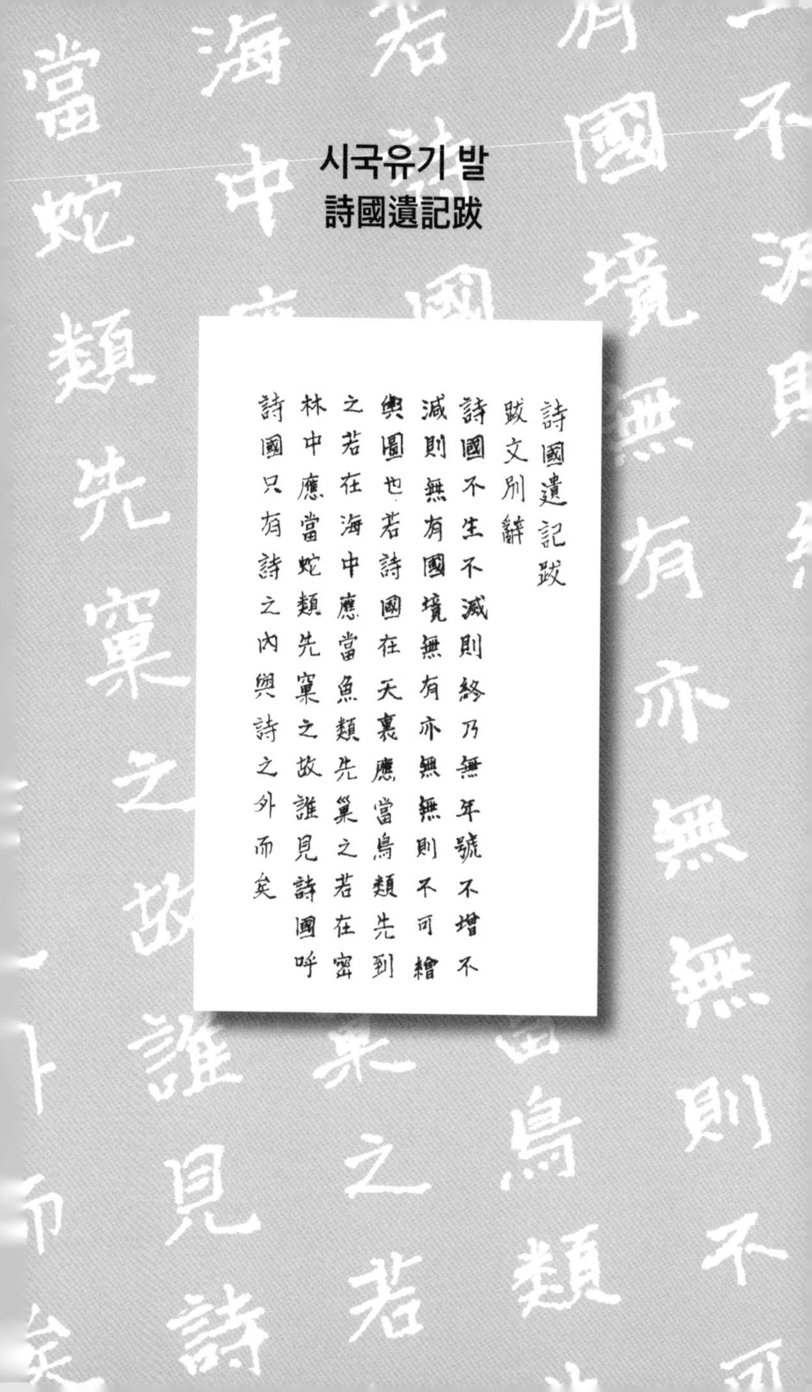

詩國遺記跋

跋文別辭

詩國不生不滅則終乃無年號不增不
減則無有國境無有亦無無則不可繪
與圖也若詩國在天裏應當鳥類先到
之若在海中應當魚類先巢之若在窟
林中應當蛇類先窠之故誰見詩國呼
詩國只有詩之內與詩之外而矣

불사국
— 발문시(跋文詩)

시국이 무너졌다는 흉문이 떠돈다 기심(機心)에 천제가 독살당했다고도 하고 정풍(鄭風)에 성벽이 무너졌다고 하기도 한다 혹은 클리셰라는 바이러스가 나라에 창궐하였다고도 하고 문약(文弱)이 백성들을 갉아먹었다고도 한다 시국의 유민(遺民)은 궁벽한 산촌으로 흩어지거나 바다를 건너 먼 나라로 숨어들었다고 하기도 한다 허나

시국은 죽지 않는다 지상에 시 한 줄이 쓰이는 한

발문 별사(別辭)

시국은 생하지도 아니하고 멸하지도 아니하여 연호가 없고, 늘지도 줄지도 않아 국경이 있지 아니하며, 또한 있음도 있지 아니하고 없음도 있지 아니하여 지도에 그릴 수도 없느니라 시국이 하늘에 있다 하면 새가 먼저 깃들 것이요 바다에 있다 하면 물고기가 앞서 머물 것이요 밀림에 있다 하면 뱀이 미리 똬리를 틀 것이니 보아라 누가 시국을 보았다 하리오 시국은 오직 시 안과 시 밖에 있을 따름이니라

해설

새로운 신화의 설계자 문신(文神)의 귀환

권성훈(문학평론가, 경기대 교수)

시국은 죽지 않는다 지상에 시 한 줄이 쓰이는 한

「불사국—발문시(跋文詩)」중에서

1

신은 스스로 자신을 창조하지 못한다. 그것은 시가 그 자체로 시를 쓰지 못하는 것과 같은 이치인 것. 그러므로 신도 시처럼 누군가에 의해 발견되거나 창작된다. 시를 쓴 창작자를 시인이라고 하듯이 설계자에 의해 탄생된 신을 창조자라고 부른다. 창조자를 설계자가 창조했다는 점에서 신은 인간 다음에 있게 되는 존재다. 인간 이후의 신이 세계를 창조할 수 있는 것은, 인간이 인류의 기원에 주목하고 있기 때문이다. 인류의 기원은 신의 설계자를 통해 초월자로부터 시작되었다는 것을 주입하는 것. 이처럼 신이 인간을 계시한다는 초월적 믿음이 태초의 신이 존재하게 되는 배경이다.

설계자로 인해 창조된 신은 사물과 세계의 기원이 되며 초월자로서 특이성이 발휘된다. 그런 초월자로 통하는 창조자는 인간과 자연이 할 수 없는 전지전능한 힘을 가지며 인간 세계를 지배하며 연속적으로 관여한다. 반면 창조자의 기원은 진화라는 자연의 법칙을 위반하고 생겨나는 신화인 것. 인간은 신화를 만들고, 신화는 태초를 만들면서 인류의 역사가 신으로부터 시작된다. 거기에 비존재인 신은 존재자인 인간을 통해 자신의 목적을 달성하는 것이므로 신은 인간을 선행할 수밖에 없는 것. 신을 믿는 인간은 이같이 자연스러운 현상을 신비스러운 것으로 보고 '신앙의 감옥'에 자신을 고립시켜 버리기도 한다. 그로부터 신은 우주와 자연 그리고 모든 인간 세계를 창조한 초월적인 것이 되며 맹목적인 대상이 된다.

마찬가지로 영원히 죽지 않는 '불사국'으로서의 '시국(詩國)'은 창작된 것이지만 시가 신이 되는 초월성을 가지면서 탄생한다. 우리는 '시국'을 구체적으로 편찬한 『시국시편(詩國詩篇)』에서 '시국의 설계자'를 만날 수 있다. 시국을 통해 세계를 이해하는 방식을 취하는 '시국의 설계자'는 새 시대의 발명자이면서 새로운 신화의 창조자다. 이곳에서 시를 쓰는 누군가로부터 "시 한 줄이 쓰이는 한" 시는 신으로 살아 있기 마련이다. 어디에도 있는 시는 어디에도 없는 신을 만나게 되는 것같이, 어디에도 있는 신은 어디에도 없는 시를 통해 자신의 메시지를 전달할 수 있다. 여기서 신화적 상상력은 "태초에 하느님이 소리를 빚어내고 호흡을 불어넣어 말씀을 만드셨으니"(「제왕연대력(帝王年代曆)」), 신의 말씀을 통해 시의 상상력은 "가락이 있어 흥을 일으키나 그 뜻은 분명치" 않은 말씀으로 기록되는 것. 신과 시는 문학과 종교의 합일로서 서로를 보충하며 성장하며 확장시키는 매개체다. 다만 문학은 신화 없이도 생겨나지만, 신화는 문학 없이는 있을 수 없다는 점에서 '시의 나라'를 통해 '신의 나라'를 증명한다.

이 같은 신화는 세계의 기원에 대한 근거를 제시해 주고 창조의 공간을 제공한다. 전통적인 신화는 신의 존재를 옹호하기보다는 인간의 행동 양식을 통해 인간의 실존이 어떻게 구현되는지를 밝혀 준다. 인류의 기원을 가로지르는 신화는 이미지의 상징적 구조로서 새로운 변형이나 상상력을 자극한다. 마치 "한 나라의 유래와 사적을 운문으로 기록한 필사본"(「서시」)으로 된 '시국유기(詩國遺記)'와 같이. 이 '시국유기'는 시의 나라를 의미하는 시국(詩國)의 태동을 기록한 고서이다. 이런 "시국은 신화에 불과하다고 하며 혹자는 호사가의 잡설이라"(「시국 시비」)고 하지만 궁극적으로 '시국'이라는 신화를 만들어 내는 설계자는 단순한 신화의 에피소드를 감각적 유희만으로 구현하지 않는다.

한 권의 시집으로 완성된 『시국시편(詩國詩篇)』에서 시국은 시가 신이므로 '시의 나라'를 구축한다. 국가가 국민, 영토, 주권을 통해 존립할 수 있듯이, 시의 나라는 국민이 시인이 되고, 영토가 시인이 거주하는 땅이 되며, 주권은 시가 됨으로써 국가의 3대 요소를 갖추어 국가가 된다. 시로써 통치 조직을 갖춘 시의 나라에서는 시가 그 자체로 모두가 시인인 국민을 실현시키는 목적이 된다. '신의 나라'에서는 신의 도구로서 신을 통해 가치를 실현하지만, '시의 나라'에서는 시가 의무인 것과 동시에 권리이며 모두의 주체성을 확립시키는 공통된 삶이다. 그러므로 시의 나라에서 살아가는 시인들에게 있어서 자신 내부에 새겨지는 것은 이상적인 공통의 언어가 되며 인식의 총합이 되는 것이다. 이것은 근대 의식의 민족과는 다른, 공동 이데아 차원에서 주체성을 각성하고 공통된 감각으로 재현되는 시의 통치 작용이다. 시만이 통용되는 시의 나라는, 개인의 삶을 강제하는 것이 아니라 시로써 자유롭게 나누어 가지는 이상적인 국가라고 할 수 있다.

그것을 기록한 '시국의 설계자'는 『시국시편(詩國詩篇)』에서 총 6부로 구분하여 '시의 나라'를 수록하며, 모든 것이 시로 시작되지만 끝날 수 없는 영원한 시적 인식을 바탕으로 '시의 국가'를 성립시키고 있다. 이를 구체화한 것이 바로 이 책의 1부 '시국유기 서', 2부 '시국본기', 3부 '시국정론', 4부 '시국열전', 5부 '시국잡설', 6부 '시국유기 발'로서, 시의 나라를 현시하고 통용되는 유래와 어원이 된다. 이는 만들어진 고전적 사료와 함께 시의 나라에 도달할 수 있는 시국의 설계자의 미침으로 미칠 수 있다는 것을 나타낸다.

2

시국에서 시는 사생(四生)처럼 새로운 상징에의 도발을 통해 네 가지로 현출하는데, 먼저 태생(胎生)으로 어미의 태반을 통해 태어나는 것에서, 난생(卵生)으로 알에서 깨어나는 것으로, 습생(濕生)으로 습기 있는 곳에서 부화하는 것에서, 화생(化生)으로 낳는 자 없이 생겨나는 것으로 다의적으로 발화한다. 이 같은 시의 생겨남은 고정된 의미가 없는 상징의 출산을 일컫는 것으로, 태어남과 깨어남, 그리고 부화함과 생겨남을 통하여 추상적인 것이 구상적인 것으로 실체화된다. 곧 상상력이 현실화하면서 신화가 신이 되고 시국이 국가가 된다는 것을 의미한다.

이런 신화 설계자의 언어적 도발은 모호함에 의해 특정한 의미를 지니게 되고 기존 인식에 대한 결핍을 드러내게 된다. 요컨대 문명의 이기와 물질주의로 파편화 된 신자본 시대를 '시국'을 통해 저항하며 상실된 인간성을 복구하려는 시 의식의 발명이다. 시를 통해 세계를 재건하고 있는 설계자의 창조 의식은 굳은 전통을 깨고 그 위에 새로운 신화를 만들어 낸다. 새로운 전통을 제작하는 설계자의 "만들어진 전통의 특수성은 대체로 과거와의 연속성을 인위적으로 내세우려 든다는 데에 있다. 요컨대 전통은 새로운 상황에 대한 반응인데, 여기서 역설적이게도 예전 상황들에 준거하는 형식을 띠거나, 아니면 거의 강제적인 반복을 통해 제 나름의 과거를 구성한다."(에릭 홉스봄 외, 『만들어진 전통』, 21쪽). 이처럼 설계된 시국은 과거의 전통을 통해 논증되고 상상을 통해 확립되며 새로운 과거를 구성하고 준거하는 데서 생겨난다. 이 또한 만들어진 '신화적 전통'으로서 생존 여부가 아니라 이상적 국가가 어떻게 출현되고 구축되어 가는지를 보여 준다.

이를테면 '시국본기'에서 '모신(母神)'으로 '놀'을 성화시키면서, 신격화된 놀의 자식으로 '놀림(𢄫林)', '놀애(𢄫愛)', '놀읏(𢄫衣)'을 아래와 같이 탄생시킨다.

> 첫째 놀림은 몸으로 우주의 율동과 형상을 표현하여 만사의 운행을 조율하였으며 둘째 놀애는 소리와 말로 세상과 마음의 온갖 것을 풀어내어 천지귀신을 감동케 하였다 막내

놀웃은 말과 몸짓으로 이야기를 꾸며 사람들을 기쁘게 하였다 자식들은 성장하여 각자 나라를 세워 놀의 곁을 떠났으며, 나중에 신들의 거처인 신시(神市)에 들어가 춤과 음악과 놀이의 신이 되었다

— 「모신(母神) 놀」 부분

시국에 존재하는 모든 '시국 신당'의 신은 시가 통치하는 역설적인 언어로서, 신이며 시로 통하며 종국에는 신으로 합일된다. 이것은 창조적 역설로서 그것이 시국의 설계자로부터 탈신화 또는 탈전통의 대상이 될 때만이 창조적인 '신들의 거처', 즉 '신시'에 머물 수 있다.

이처럼 신화는 결코 스스로 자신의 역동성을 드러내지 않기 때문에 새로운 상징을 요구하게 되고, 그 새로운 상징은 신화의 설계자로부터 '시국'을 통해 또 다른 의미를 발생시킬 수 있게 된다. 시의 나라의 거주자들이 주체가 되는 조건은 "시를 위하여 연애하는 사람, 시를 내놓고는 살 수 없는 사람, 시인이란 말 듣기를 즐기지 않는 사람"(「시국 시비」)처럼, 모두가 시를 쓰는 사람들이므로 시인과 비시인으로 나눌 수 없다.

시국의 설계자는 시국이 이상적인 나라가 아닌 현세에 있는 신화적 전통으로 증거하려고 한다. 시의 나라 영토가 "동해의 안쪽, 북해의 모퉁이에 시국(詩國)이 있다"

(「강역(疆域)」)고 하거나, 그 기원 또한 “태초에 세 번의 태초가 있었다“(「태초」)라고 한 것이 그 예이다. 그리고 탄생 신화와 시(詩)와 신(神), 즉 시신(詩神)의 계보는 역사적인 유래에서 비롯된다. 시의 탄생 신화인 「놀애」에서, ‘놀(乭)’, 즉 일종의 ‘원시종합예술’로부터 놀의 자식인 놀림(乭林: 몸놀림, 즉 무용), 놀애(乭愛: 노래, 즉 음악), 놀읏(乭衣: 노릇, 즉 연극)으로 분화되며 이 중에서 ‘놀애’가 낳은 두 딸인 ‘가락(노랫가락)’과 ‘말(노랫말)’로 확장된다. 큰 딸인 가락이 남쪽에서 ‘가락국(歌洛國)’을 세우고, 작은 딸인 ‘말’이 동쪽에서 ‘가사국(歌詞國)’을 세운다. 이같이 시의 탄생에 있어서 주신은 ‘놀’이 되고, 시국의 시조는 ‘놀애’가 된다. 시국의 시조로서 놀애는 다음과 같은 계보를 지닌다.

> 말씀이 소리를 낳고 소리가 읊조림을 낳고 읊조림은 홍얼을 낳고 홍얼이 마침내 놀애를 낳았니라 놀애가 놀앳가락과 놀앳말을 낳았으니 이들이 무가를 낳았니라 무가는 향가를 낳고 향가는 별곡을 낳고 별곡은 시조를 낳고 시조는 가사를 낳고 가사는 개화사를 낳고 개화사는 신체시를 낳고 신체시는 언문풍월과 자유시를 낳고 언문풍월은 일찍 죽으매 자식이 없더라 다시 자유시가 산문시를 낳으매 그 자손들이 땅 위에 번성함이 유월의 초장과 같더라
>
> — 「제왕연대력(帝王年代曆)」 부분

이처럼 태초 말씀이 낳은 소리가 어떻게 시의 나라를 형성하게 되었는지에 대한 배경을 회화하고 있다.

3

시의 나라에서는 '시내천(詩乃天)'(「분서」), 즉 시가 하늘이다. 시국의 설계자는 동학(東學)에서 말하는 인내천 사상을 긍정하며 시를 하늘로 묘사한다. 「반전(反戰) 격문」에서 "시는 농사일 따름인저 시 한 편을 세상에 던짐은 정성 들인 밥상을 올리는 것과 같으니 첫 구절로 눈을 끄는 일은 볍씨를 뿌려 농사를 시작함이요 구절이 마음을 움직임은 볍씨가 싹을 틔워 새잎이 나옴이다 문장에 밑줄을 그음은 줄지어 모를 심음과 같고 시 한 편을 외움은 논에 푸른 모가 가득함과 같다"고 한다. 여기서 시는 '씨'이며 만물에 퍼진 '씨'가 바로 시가 되는 것으로 '시국정론'을 펼치며 하늘이 시로 태동 되는 '시내천'이 그것이다. 시국의 시내천 사상은 씨가 시이고, 시가 하늘이며, 만물이 시로 구성되어 있다.

또한 시의 나라에서 "읽는다는 것이 어찌 시 읽음만을 가리키리오 하늘을 보며 별들의 운행을 살핌은 일관의 읽기요 맥을 짚어 기혈의 강약을 짐작함은 의관의 읽기요 쌀을 던져 흩어진 모양을 따짐은 무당의 읽기요 구름을 보고 날씨를 짐작함은 농부의 읽기요 바다를 보고 풍랑을 점침은 어부의 읽기요 발자국을 짚고 짐승의 행방을 헤아림은 사냥꾼의 읽기요 서로의 몸을 더듬으며 사랑을 확인함은 연인의 읽기니라 이 읽기 저 읽기 허다한 읽기의 저 안쪽에 읽기의 알몸이 찬연히 빛나나니 그 본령이 바로 시 읽기라 그리하여 시 읽기를 읽기 중의 읽기요 현묘 중의 현묘라 함이니라"(「독시(讀詩)」)고 하였다. 이는 전통을 발견하거나 신화를 창조하는 것은 과거를 준거함으로써 시 읽기에 충실해야 하며 읽는다는 것은 필연적인 시국의 존재자로서 살 수 있다는 것을 가리킨다. 모든 새로운 것은 과거로부터 오는 것이며 의도적으로 발명되고 창조적으로 구성되는 것.

물론 시국 시편에서도 베일에 가려져 있는 의례적 상징적 문헌들이 시의 나라를 펼치는 데 선명성을 구축해 준다. 이는 신화적 전통이 발명되는 과정에서 상상력으로 귀결되는 것이 아니라, 공식적으로 기획된 시국 설계자의 치밀한 의도성을 보여 준다. 또한 이는 시국 설계자가 그동안 축적해 온 학문적 성과와 지적 사유들의 퇴적층 위에서 가능하다.

태초에

혼돈을 정리한 것은 길이다
돌도끼를 굴리며
하루 종일 들판에서 헝클어지던
길은 집으로 들고
모든 길은 문지방을 베고 쉬었다
실핏줄처럼
파생되는 길에
길을 잃은 것은 길이다
푸른 들을 가르며
모여드는 길이 두려워
사람들은
나무에 오르고
바다 속에 들기도 하였다
길을
만들고 길을 잊고
길을 묻고
길을 잃는다

집과 무덤까지의
가장 우회한 길이 삶이라면
잃은 길 위에
다시 잃은 길이 시라는 것이다

— 「길에 대하여」 전문

'시국정론' 「헌장(憲章)」인 이 시는 「솔방울」과 같이 시국 설계자의 제2시집 『위험한 독서』에서 재수록한 시편이다. 그만큼 이 시에서 핵심어로 등장하는 '길'이 「시국시편(詩國詩篇)」에서 주요한 영향력을 가진 사유 체계로 편입되고 있다. '태초에 혼돈을 정리한 것'은 '신'이 아닌 '길'인 것처럼, 모든 곳으로 "실핏줄처럼 파생되는 길"의 생김은 '시'의 다른 말이다. 또한 '시의 나라'를 은유하고 '시의 국가'를 구축하는 길은 "길을/만들고 길을 잊고/길을 묻고/길을 잃는" 데서 비롯된다. 시의 나라를 발견하는 동안 "잃은 길 위에 다시 잃은 길이" 바로 '시'라는 것이다. 그것은 "한때 나는/내 시의 진앙지고자 했다"(「솔방울」)는 고백과 함께 "배꼽이 사라진/시원에 놓인 솔방울"을 보면서 "한때 나는/문자는 영혼의 지문임을 믿었다"는 데서 '시국'은 발화되고 있다.

현실적으로 시국의 설계자에게 시는 절대적인 인연으로서 내재된 초월적 언어로 작용한다. 그것은 「연기론(緣起論)」에서 "한 편의 시가 나올 때는 제 홀로 나는 것이 아니라 선인(先人)과 동료의 시가 씨줄과 날줄로 엮이어 태어나니 이를 연기(緣起)라 한다 저 시가 없으면 이 시도 없고 저 시가 다르면 이 시도 달라져 제 본래의 것이라는 게 있을 수 없으니 이를 무아(無我)라 한다 한 편의 시가 세상에 잊혔다가 수십 수백 년 후에 문득 주목을 받으면 다시 태어남과 같으니 이를 곧 윤회(輪廻)라 한다 한 편의 시가 이 사람 저 사람의 입에 오르내려 상투어가 되어 마침내 그게 시인지조차 모르게 되어 버리면 이를 곧 해탈(解脫)이라"고 하는 것같이. 시가 여백에서 '씨줄'과 '날줄'로 태어나고 사라지고 하는 것처럼, 모든 '인연'은 '무아' 속에서 '윤회'를 거듭하는 한 편의 시이다.

이러한 초월적 상상력과 신화적 사유는 「천하도」에서 "시국에 천하도(天下圖)라는 지도가 있으니 환(幻)과 실(實)이 겹쳐 있다"고 하면서 "지상의 삶이란/어디쯤 상상의 세계를 끼고 있는 것임을/넌지시 깨우쳐 주는 지도"(「천하도를 읽다 1」)로 현시된다. 또한 "오대주와 남반구, 북반구까지 그려진 지도, 그 넓은 곳에 겨자씨만 한 별빛 한 점 머물 공간이 없다는 걸 믿을 수 없었"기에, "눈에 보이는 세계만 그릴 수 있는 사람"(「천하도를 읽다 2」)의 나라로서 '마테오리치의 나라'를 비판적으로 복원하기도 한다.

시국의 설계자가 이런 '시국(詩國)'을 확대하면서 펼칠 수 있는 것은, 이 시편들이 불안한 '시국(時局)'에 대한 풍자로서 그 기능을 함께 수행하기 때문이다. "풍자는 언어가 제 길을 유연하게 다니지 못할 때 생겨나는 언어적 정체 현상이니 그 정체로 인하여 생긴 언어의 고름덩이니라 흐름이 외부의 강요에 의해 멈추게 되면 내부는 외부와의 교섭을 통해 얻게 될 신선함과 생기를 잃고 제 살을 제가 깎아 먹으면서 스스로 건강성을 상실하게 되나니 이는 세상의 이치"(「풍자경」)인 것처럼, 불완전하고 불안정한 모순의 시대를 건너가기 위한 '시국의 패러독스'가 이 시집 곳곳에 펼쳐져 있다.

4

시국을 위한 신화 설계에 대한 문제는 단순히 설계자가 창의성을 갖추었다고 그 자체로 뛰어난 창조성을 보장받는 것은 아니다. 이같이 시대를 소급하여 전혀 다르게 재건하는 신화적 구축은 그것을 담아내는 실험적인 지성과 감각적인 사유를 통해 전근대적인 외장을 벗을 수 있다. 마치 우리는 무언가에 미침으로써 목적지에 미칠 수 있는 인물을 하늘이 준거해 준 '천재'라고 하듯이 '시국의 설계자'는 타고난 천재임을 부인할 수 없다. 그러므로 독자는 "천제의 현덕"(「시국유기를 올리는 글월」)을 가진 시국의 설계자를 통해 "시는 즉 비롯됨(始)이요, 때(時)요, 베풂(施)이요, 옳음(是)이요, 시험(試)이요, 평범(柴)"이라는 다의적으로 획득 가능한 '시의 본령'을 추출할 수 있다.

시의 본령을 통과하기에 앞서 설계자는 "사물을 알기 위해 사물을 깨고 또 깨어도 영원히 본질에 다가갈 수는 없다 깰 수 있는 것은 영원히 깨어도 또 깰 수 있는 법 깨는 것에 마지막이란 있을 수 없기 때문이다 자기 시대가 허락한 만큼 깨고 그만큼의 본질만 짐작할 수 있을 뿐이다 그러나 깨면 깰수록 사물이 점점 사물이 아닌 것이 되어 간다"(「비-사물」)고 하며, 현존의 정점은 본질적으로 보이지 않는 것으로 실존에서만 가능하다는 것을 비사물을 통해 비추어 준다. 이럴 때 "꽃망울 터지는 소리마다 한 세상 눈떠 팔만대천세계 처음 열리고 첩첩 문 닫힌 마음 비로소 실눈 뜨"는, "시국 사람들, 봄날엔 내내 꿈꾸는 이들"(「봄날」)을 실존적으로 마주하게 되는 것이다.

이러한 시국의 설계자는 "요절한 시광(詩狂) 이상(李箱)"(「반전(反戰) 격문」)같이 "불꽃을 이고 다니는 사람처럼 몸은 차고 생각은 갈수록 뜨거워"(「이상(李箱)—알코올램프의 근황」)지는 인화 물질로 통하는 창작에의 화기를 가졌다. 아마도 '시국의 설계자'와 가까운 인물로 '시국열전'의 「현수(玄首)」를 들 수 있다.

현수(玄首)는 봉화현 사람으로 호는 난타(蘭陀) 혹은난타(亂打)라하나낭설이다 이며 시국 말기의 대문호이다 성정이 호탕하고 의협심이 강하여 협객으로 이름이 있으나 주로 여인들만 도왔다고 한다 젊은 시절 술을 좋아하였으나 어느 날 술을 대충 먹고 일찍 집에 들어갔다가 늦둥이가 생기자, 보통 술 먹은 근심

> 은 다음 날이면 깨건만 이번엔 십여 년이 지나도 깨지 않을 근심을 얻었구나 탄식하며 다시는 술을 마시지 않았다 예언서를 태우거나 사물에 말을 건네는 기행으로 세상의 이목을 모았다
>
> —「현수(玄首)」 부분

그의 미침이 미칠수록 상상력의 자장이 진폭을 거듭하며 신화를 출산하게 되는 것. 여기서 분명한 것은 시국 설계자가 창조해 내는 신화는 '시의 나라'와 같이 이 세계가 재편되었으면 하는 바람의 반영이며 전통적 풍자와 해학의 계승이라는 점이다. 그것은 '시국 설계자'의 「기도문」에서 읽을 수 있다.

> 해년은 계유년이올시다 오늘은 정월 초하루 우리 시인 등단 첫돌이올시다 삼신할머니 굽이 살펴주옵시고 시인에게 명과 복 많이 많이 점지하여 주십옵소서 머리에 총기 주고 눈에 정기 주고 손에 재주 주고 다리팔에 힘을 주고 가슴에 꿈을 주시옵소서 우리 시인 남의 눈에 꽃처럼 보이게 하옵시며 새잎처럼 빛나게 하옵시며 쓰는 시마다 잎새에 달린 이슬처럼 칭찬 따라다니게 하시옵소서 우리 시인 재수대통 만사형통 앉은 자리 복을 주고 선 자리에 명예 주고 동서남북 사방팔방 문단에 돌아다녀도 아무 탈 없게 해주시

고 동에 삼살 막아주고 서에 삼살 막아주고 남에 삼살 막아
주고 북에 삼살 막아주길 빌고 또 비나이다

—「기도문」 부분

이 시편은 모든 시인의 안위와 평안을 살피는 진심 어린 신의 메시지로서, '시의 나라'에서 시에게 바치는 '기도문'이 된다.

이런 메시지는 "한밤의 소나기처럼/혁명이 지나"(「혁명이 지나갔나 보다」)간 것으로, 그리고 "글자를 짚는 건/짐승 하나를 길들이는 일"(「책을 덮는다는 것」)인 것으로 현시된다. 시국을 구체적으로 설계한 『시국시편(詩國詩篇)』은 신화를 소멸시키는 것이 아니라 발명된 전통을 통해 신화를 구원하고 있다. 신이 죽지 않는 것은, 한 번도 태어난 적 없다는 사실에 대한 전복과 신화의 긍정적 전이를 통해 '시의 나라'를 가능케 한다. 시국의 설계자는 역사 앞에서 새로운 신화를 통해 계발될 수 없는 시국을 언어로 개국하는 것. 그동안 축척된 시적 사유와 실존의 탐구 그리고 긍정적인 지성의 합일이 피폐해지는 '폐국'을 '시국'으로 재편하려는 의지가 이 시집 속에 편재한다. 우리는 '신' 위에 '시'가 있는 새로운 '신화의 설계자'를 '문신(文神)'이라고 호명할 수 있다.